BASTEI LÜBBE

Bisher sind im BASTEI-LÜBBE Taschenbuchprogramm
von ROBERT SHECKLEY
nachstehende Bände erschienen:

21 161 Planet der Verbrecher
22 035 Mr. Joenes wundersame Reise
22 040 1. Preis: Allmächtigkeit
22 042 Für Menschen ungeeignet
22 046 Lebensgeister GmbH
22 062 Fütterungszeiten unbekannt
22 071 Der Seelentourist
24 020 Endstation Zukunft
Die Welten des Robert Sheckley (Stories)

Aus der Taschenbuchreihe SCIENCE FICTION SPECIAL sind nachstehende Romane erhältlich. Fragen Sie im Buch- oder Zeitschriftenhandel!

24 013 Jerry Purnelle
Die entführte Armee
24 014 Barry N. Malzberg
Malzbergs Amerika
24 015 William Morris
Die Quelle am Ende der Welt
24 016 Samuel R. Delany
Triton
24 017 LÜBBES AUSWAHLBAND
Abenteuer Weltraum
24 018 Orson Scott Card
Meistersänger
24 019 Robert L. Forward
Das Drachenei
24 020 Robert Sheckley
Endstation Zukunft
24 021 David Bear
Wer hat meine Zeit gestohlen?
24 022 Poul Anderson
Das Avatar
24 023 Jessica Salmonson
Amazonen!
24 024 D. G. Compton
Mit meinem Auge
24 025 Norman Spinrad
Lieder von den Sternen
24 026 Samuel R. Delany
Geschichten aus Nimmerya
24 027 Michel Jeury
Robert Holzachs chronolytische Reisen
24 028 Larry Niven
Ringwelt-Ingenieure
24 029 Samuel R. Delany
Treibglas
24 030 William Hope Hodgson
Das Nachtland
24 031 LÜBBES AUSWAHLBAND
Fremde aus dem All
24 032 Orson Scott Card
Capitol
24 033 D. G. Compton
Narrenwelt
24 034 Brian W. Aldiss
Dunkler Bruder Zukunft
24 035 Samuel R. Delany
Babel-17
24 036 Donald Wollheim (Hg)
World's Best. SF '82
24 037 Octavia Butler
Als der Seelenmeister starb
24 038 Horst Pukallus (Hg)
Yussar 3 – SF-Stories
24 039 Octavia Butler
Der Seelenplan
24 040 F. Paul Wilson
Mein Vater starb auf Jebinos
24 041 LÜBBES AUSWAHLBAND
Aliens und andere Fremde
24 042 Octavia Butler
Vom gleichen Blut
24 043 F. Paul Wilson
Der Staatsfeind
24 044 Donald A. Wollheim/
Arthur W. Saha (Hg)
World's Best SF 2
24 045 A. E. van Vogt
Das Atom-Imperium
24 046 Piers Anthony
Omnivor

Brainstorming

und andere ausgezeichnete Stories

Herausgegeben von
Michael Görden und Michael Kubiak

Illustrationen von
Udo Linke

BASTEI LÜBBE

BASTEI-LÜBBE-TASCHENBUCH
Science Fiction Special
Band 24 055

Titelillustration: Franz Josef Bettag
Umschlaggestaltung: Quadro-Grafik, Bensberg
Satz: Fotosatz S. Schell, Bad Iburg
Druck und Verarbeitung:
Elsnerdruck GmbH, Berlin
Printed in Western Germany
ISBN 3-404-24055-3

Inhalt

Vorwort

Science Fiction ist zu einem festen Bestandteil unserer Medienkultur geworden. Sie taucht in Film und Fernsehen, in der Literatur und in der bildenden Kunst ebenso auf wie in der Musik oder dem Hörspiel. Waren es früher in erster Linie Autoren aus dem englischen Sprachraum, so hat sich inzwischen in Deutschland eine eigene Autorenszene entwickelt. Anläßlich der »Ersten Tage der Science Fiction und Phantastik«, veranstaltet von Bastei-Lübbe im September 1983, schrieb der Verlag den SHECKLEY-SCIENCE FICTION-PREIS für die beste deutsche SF-Kurzgeschichte aus, um damit den deutschen SF-Nachwuchs und die Entwicklung der deutschsprachigen Science Fiction zu fördern.

Benannt wurde der Preis nach dem amerikanischen Schriftsteller Robert Sheckley, der als bester und humorvollster Vertreter der englischsprachigen SF-Kurzgeschichte gilt.

Robert Sheckley beteiligte sich selbst an der Auswahl der besten Geschichten. Ausgesetzt waren 5 Geldpreise, insgesamt DM 5.5OO. In der Jury saßen neben Sheckley die beiden deutschen SF-Autoren und -Kritiker Jörg Weigand und Thomas Ziegler, der Londoner Literaturagent und SF-Spezialist Paul Marsh und Verlagslektor Michael Görden.

Auch in den kühnsten Träumen hatte man sich im SF-Lektorat von Bastei-Lübbe nicht ausmalen können, welche Resonanz der Wettbewerb fand. Innerhalb kurzer Zeit ergoß sich über die SF-Lektoren Michael Kubiak und Michael Görden eine Flut von mehr als 400 Einsendungen, die vor der Weiterleitung an das Lektorat sorgfältig chiffriert worden waren. Zwar waren nur wenige herausragend neue SF-Ideen darunter, doch insgesamt zeigten die Beiträge ein erstaunlich hohes stilistisches und inhaltliches Niveau, was die Vorauswahl nicht leicht machte. Für die Lektüre hätten sich Görden und Kubiak eine etwas größere Themenvielfalt gewünscht, denn eine ermüdend große Zahl von Geschichten verkündete das baldige Ende der Menschheit, ohne dem »Doomsday« neuere Ideen oder aufrüttelndere Aspekte abzugewinnen, als es sie in der internationalen Science Fiction schon seit über dreißig Jahren gibt. Schließlich wurden der Jury zwanzig Geschichten zur Endauswahl vorgelegt, die für Sheckley ins Englische übersetzt waren.

Bei der kurzen Würdigung der preisgekrönten Stories beziehen wir uns auf den Text der Jury, der bei der Preisverleihung von Jury-Sprecher Paul Marsh verlesen wurde.

Den 5. Preis erhielt »Meinhard Fleckers letzte Jagd«, eine Geschichte, die zeigt, was geschieht, wenn der Mensch sich einer skrupellosen Unterhaltungsindustrie unterwirft. Die Jury entschied sich für Ernst Havliks Geschichte, weil sie ein besonderes Beispiel für eine gute Pointengeschichte darstellt. Auf den 4. Platz kam Ulrich Harbecke mit seiner Erzählung »Faber«, die zwei Strömungen der Science Fiction in einer Geschichte vereint. Der klassische Aspekt wird vertreten durch die Konfrontation von Mensch und Maschine, der problemorientierte Aspekt spiegelt sich in der Situation des Einzelnen gegenüber einer zunehmend technologisierten Umwelt.

Es gibt zwei Arten von Science Fiction, die traditionelle mit der kosmischen Perspektive, die den Reiz des

Wunderbaren, *the sense of wonder,* in die Geschichte einbringt und die gegenwarts-, problemorientierte, die das Individuum und seine Auseinandersetzung mit der Umwelt in den Mittelpunkt stellt.

Zwei Geschichten zeigen beispielhaft diese beiden Formen der SF, und da die Jury diese beiden Formen gleichermaßen schätzt, fand sie, daß beide Geschichten den 2. Platz verdient haben. In »Heimweh nach Tau Ceti« setzte Monika Niehaus die große Tradition der Science Fiction fort und präsentiert dem Leser ein klassisches wissenschaftliches Rätsel – und die faszinierende Lösung. Zu T. R. P. Mielkes »Lizenzverlängerung« fiel der Jury ein Ausspruch Robert Sheckleys ein: »Eigentlich habe ich nie das Gefühl, Science Fiction zu schreiben, irgendwie schreibe ich immer drumherum.«

Das trifft auf »Lizenzverlängerung« zu, eine anspruchsvolle Geschichte hoher literarischer Qualität, die auch jene Leser anziehen kann, die bisher keine Science Fiction gelesen haben. Thema der Geschichte ist die Schizophrenie des nuklearen Zeitalters.

Für den 1. Platz wurde mit »Brainstorming« von Eike Barmeyer eine wirklich ungewöhnliche und hervorragende Geschichte gefunden, die mit sarkastischem Humor die Wirkung einer Auslieferung an die Medien zeigt. Sie untersucht den Verbraucher als Opfer, den Verbraucher, der sich selbst verbraucht. Eine Geschichte, die beweist, welches Potential die Science Fiction zur kritischen Auseinandersetzung mit unserer heutigen Umwelt besitzt.

Die fünf weiteren Geschichten dieses Bandes zeigen das Spektrum der Einsendungen und sind, auch wenn sie nicht prämiiert werden konnten, unterhaltsame und spannende Science Fiction. Natürlich ist ein solcher Wettbewerb in seinen Ergebnissen immer ein wenig ungerecht gegenüber den Teilnehmern. Selbst die beste Jury bietet in ihrer Entscheidung nur die Summe subjektiver Urteile. Was für den einen eine bemerkenswerte Geschichte ist, erscheint dem anderen als alter Hut – und umgekehrt. Wir möchten uns bei allen Teilnehmern bedanken und hoffen, daß sie beim nächsten SHECKLEY-PREIS wieder mit dabei sind.

Ein Wort aus der Sicht des Bastei-Lübbe-Lektorates zum Schluß. Der Wettbewerb hat uns viel Spaß gemacht und bewiesen, wie viele talentierte SF-Autoren es bei uns inzwischen gibt, von denen man mehr lesen möchte. Er hat aber auch gezeigt, daß es der deutschen Science Fiction, was Ideenreichtum und handwerkliche Fähigkeit angeht, of an einigem mangelt, wenn sie sich mit der internationalen Science-Fiction vergleichen will. In diesem Sinne wünschen wir uns für die Zukunft mehr »Brainstorming«.

Michael Kubiak
Michael Görden   November 1983

Lothar Streblow

Die Sumpfwanderer

Lothar Streblow, *geb. 1929 in Gera/Thüringen.*
Von der Schulbank weg Soldat, übte er nach seiner Entlassung aus einem Kriegsgefangenenlazarett verschiedene Tätigkeiten aus. In Abendkursen holte er sein Abitur nach und studierte Regie, Dramaturgie und Ästhetik.
Seit 1955 lebt er in der Bundesrepublik als freier Schriftsteller und ist Mitarbeiter in- und ausländischer Rundfunkanstalten.
Er schrieb zahlreiche Radiosendungen, Hörspiele, Essays, SF-Romane, Umwelt-, Abenteuer-, Reise und Tier-Erzählungen und eine Reihe Kinder- und Jugendbücher, die auch in Frankreich, Jugoslawien, Spanien und den USA erschienen und für die er mehrfach ausgezeichnet wurde:
1972 Hörspielpreis der ARD für das SF-Hörspiel »Der Fisch«
1978 Umweltschutz-Medaille
1982 Diploma di Merito, Universita delle Arti/Academie Italia.

Allmählich heizte sich die Atmosphäre auf, signalisierte das Ende der Dämmerung. Runge wischte sich den Schweiß von der Stirn. Aber es war nicht nur die zunehmende Wärme. Es war Angstschweiß, er wußte es. Und er dachte: Es könnte auf der Erde sein, irgendwo, in Lappland vielleicht. Aber es ist nicht die Erde, ist ein anderer Planet, mit anderen Koordinaten, anderen Gefahren: eine fremde, uns feindliche Welt. Und doch: Wenn man gelandet ist, zählt eigentlich nur der feste Boden unter den Füßen, die Luft zum Atmen und irgendwie Brauchbares für die Verdauungsorgane. Der Mensch bleibt derselbe. Vor sich selbst kann er nicht davonlaufen, vor seinen Träumen nicht und nicht vor seiner Angst.

Er sah auf. Hinter der bizarren Silhouette des Horizonts glimmte ein schwaches Licht, warf einen milchigen Schein über die schroffen Felszacken. Dort irgendwo war sein Ziel. Aber davor lag Tundra, fremde Tundra: voll duftender Blüten, mit spärlichen Bäumen bewachsen und seltsamen Pflanzen, von Sümpfen durchzogen, ein unbekanntes Labyrinth. Da mußte er durch.

Aber er sah keine Chance. Stundenlang war er die Barriere abgeschritten, immer wieder. Ohne Erfolg. Unter scheinbar festem Boden glitzerte tückisch zusammenlaufendes Wasser. Ein paarmal schon war er bis an die Knie versunken, hatte sich nur mühsam aus dem saugenden Schlamm arbeiten können. Seine Kräfte ließen nach. Und seine Angst wuchs.

Wütend starrte er auf das Funkgerät. Es funktionierte, funktionierte einwandfrei. Aber es reichte nicht, nicht mehr. Ohne es zu merken, hatte er den Sendebereich verlassen. Vermutlich nur um einige hundert Meter. Oder weniger. Genau jene paar Meter, die ihm jetzt fehlten. Und niemand in der Station würde ihn hier suchen. Niemand.

Er lächelte gequält. Gestern erst war er auf diesem Planeten abgesetzt worden: als Ablösung für den dritten Mann. Die anderen beiden blieben noch in der Station: als Stamm-Mannschaft. Und eigentlich hatte er sich nur ein wenig umsehen, sich mit der eigenartigen Flora beschäftigen wollen, die zu seinem Aufgabengebiet gehörte. Dabei hatte ihn die Neugier gepackt, die Faszination einer fremden Welt. Und da war es passiert: er war zu weit gegangen.

Natürlich hatten ihn die anderen gewarnt. Er wußte: dieser Planet glich in vielem der Erde, aber nicht in allem. Seine Rotation war träge, betrug nur einen Bruchteil der irdischen. Jeder Tag hatte im Schnitt einundneunzig Stunden. Und einundneunzig Stunden Nacht. Dazwischen eine zehnstündige Dämmerung, zumindest hier im tiefen Süden des nahen Pols. Und hier war auch die einzige Region, in der ein menschlicher Organismus die extremen Klimaschwankungen wenigstens für kurze Zeit ertragen konnte. Das eigentliche Problem aber waren die Tage. Niemand durfte bei Tag die Station verlassen. Die ultravioletten Strahlen des Zentralgestirns waren so stark, daß kein Mensch eine Überlebenschance hatte. Und die mondlosen Nächte mit ihrer Dunkelheit und beißenden Kälte verbannten die Menschen ebenfalls in die Station. So blieben nur die Zeiten der Dämmerung für Außenarbeiten. Doch die Dämmerung ging ihrem Ende entgegen.

In knapp einer Stunde würde die fremde Sonne aufgehen.

Mit müder Gebärde strich er sich über die Stirn. Irgendwo gab es einen Weg durch die Wildnis, den Weg, den er gekommen war: völlig problemlos. Und er war sicher gewesen, diesen Weg wiederzufinden. Er hatte sich geirrt. Vielleicht ein tödlicher Irrtum.

Er begriff das nicht. Der Weg war markiert, präzise markiert. Es hatte bereits früher Fälle von Verirrungen gegeben, hieß es. Rätselhafte Fälle, sogar dicht bei der Station. Und immer wieder mußten die Markierungen erneuert werden. Aber sie waren neu; er hatte sie selbst geprüft.

Zum soundsovielten Male versuchte er sich zu erinnern. Gleich nach der letzten sichtbaren Markierung hatte er etwas entdeckt: eine halb mannshohe Pflanze mit dickem haarigen Stengel und tentakelhaften Verzweigungen, die sich trotz der Windstille deutlich merkbar bewegten. Und oben auf dem Stengel saß so etwas wie ein knollenartiger Kopf voll seltsamer Strukturen. Das Seltsamste aber war das Gefühl, als er die Pflanze berührte: sie fühlte sich warm an. Und als er leicht daran zog, um ihr Wurzelwerk erkennen zu können, hielt er sic plötzlich in der Hand. Die Pflanze besaß keine Wurzeln; nur die tentakelhaften Verzweigungen setzten sich auch im Boden fort. Und kaum hatte er sie losgelassen, saugte sie sich wieder im Untergrund fest.

Lange hatte er dieses Phänomen beobachtet und dann im näheren Umkreis nach weiteren Exemplaren gesucht. Dabei mußte er wohl die Markierungen außer acht gelassen haben. Doch die Pflanze war immer in seinem Gesichtsfeld geblieben, nur die Markierungen waren nicht mehr zu erkennen. Und als er wieder zu der Pflanze zurückwollte, hatten moorig schillernde Wasserlachen ihm den Weg versperrt. Er hatte versucht, sie auf Umwegen zu erreichen. Doch plötzlich war sie verschwunden gewesen. Hinter einem Baum vielleicht, hatte er gedacht: vielleicht im diffusen Licht der Dämmerung. Dabei war ihm die Orientierung restlos abhanden gekommen. Schließlich hatte er nur noch nach den Markierungen gesucht, stundenlang, bis zu diesem Augenblick.

Vorsichtig tappte er weiter, dem milchigen Schein am Horizont entgegen. Dort hinter den schroffen Felszacken würde bald die Sonne aufgehen, diese fremde tödliche Sonne. Und dort lag auch die Station. Ohne große Hoffnung schaltete er das Funkgerät ein und meldete sich. Und diesmal bekam er Antwort.

»Hier Lenders«, sagte ein schwache Stimme. »Du bist längst überfällig, Runge. Bleib wo du bist auf Sendung, damit ich dich anpeilen kann. Ich schicke Mindran zu dir raus. Warte!«

Er wartete. Endlos tropften die Augenblicke in seine Atemzüge. Dann hörte er wieder Lenders' Stimme:

»Mindran ist draußen, nicht gerade begeistert. Er bringt dir eine Schutzkombi mit. Die schützt bis etwa zwanzig Minuten nach Sonnenaufgang, dann nicht mehr. Bis dahin müßt ihr in der Station sein. Oder er allein, falls er dich nicht rechtzeitig findet. Klar?«

»Klar, Lenders. Und er soll kein Risiko eingehen.«

»Tut er auch nicht. Hier muß jeder seinen Leichtsinn selber ausbaden.«

»Es war kein Leichtsinn, Lenders.«

»Was denn?«

»Ich habe etwas entdeckt: Eine Pflanze. Eine sehr sonderbare Pflanze.« Er beschrieb flüchtig ihr Äußeres. »Und dabei habe ich mich verirrt.«

Lenders lachte rauh. »Das hätte ich mir denken können. Wir nennen sie die ›Sumpfwanderer‹. Eine ziemlich harmlose Bezeichnung für dieses Teufelszeug. Es hat schon einigen das Leben gekostet.«

»Und was weiß man darüber?«

»So gut wie nichts. Noch nicht mal, ob es überhaupt Pflanzen sind oder was sonst. Sie wandern, das weiß man, sind mal hier und mal dort. Und wenn man sich an ihnen orientieren will, verirrt man sich im Sumpf. Das ist alles.«

»Wirklich alles?«

Lenders schien einige Augenblicke zu zögern. Dann sagte er unsicher:

»Alles andere sind nur Vermutungen. Und kein Mensch spricht gern darüber. Einige halten sie für eine Art böser Geister, die mit unserer Anwesenheit auf diesem Planeten nicht einverstanden sind. Doch das ist Aberglauben, purer Aberglauben, für mich jedenfalls. Und einer deiner Vorgänger hielt sie für die bestangepaßte Lebensform dieses Planeten: er schrieb ihr sogar so etwas wie Intelligenz zu. Man hat ihn ausgelacht.«

»Hat er sie jemals angefaßt?«

»Woher soll ich das wissen? Er hat nichts darüber gesagt.«

»Ich habe sie angefaßt, Lenders! Ich habe an einer gezogen und gesehen, daß sie keine Wurzeln hat. Und als ich sie losließ, hat sie sich mit ihren Tentakeln wieder im Sumpfboden festgesaugt. Sie hat gehandelt, Lenders! Sie hat gehandelt wie ein intelligentes Wesen.«

»Quatsch!«

»Nun, gut, Lenders. Aber denk einmal weiter. Wenn sie sich an einer Stelle festsaugen kann, kann sie das auch an jeder anderen Stelle. Ihre Tentakeln sind durchaus dazu geeignet. Für sie ist ein Ortswechsel kein Problem. Und auf diese Art kann sie tatsächlich wandern. Aber ich frage mich: wozu? Das muß doch einen Sinn ergeben.«

Lenders' Stimme wurde kalt.

»Für Philosophie bleibt uns keine Zeit. Der Horizont wird immer heller. Und diese Sonne hier ist tückisch, das weißt du. Sieh dich lieber um, ob du irgendwo Mindran erkennst. Jede Minute zählt.«

Er tat es. Aber nirgendwo zeigte sich eine menschliche Gestalt. Nur fern die Silhouetten einiger Bäume, unbeweglich und starr.

»Nichts!«

»Dann sprich weiter«, sagte Lenders. »Vielleicht hilft es dir nicht mehr, aber anderen. Je mehr wir über diese Dinger wissen, desto besser können wir der Gefahr begegnen. Hast du noch etwas beobachtet?«

»Ja, Lenders. Und zwar ein sehr bemerkenswertes Phänomen. Ich weiß, das klingt verrückt, aber sie fühlen sich warm an. Warm, verstehst du: körperwarm.«

Er wartete auf eine Reaktion.

Lenders schnaufte hörbar ins Mikrophon.

»Bist du sicher?« fragte er. »Ganz sicher?«

»Es gibt keinen Zweifel.«

»Hmmm«, machte Lenders. »Und das bei einundneunzig Stunden harter UV-Strahlung plus einundneunzig Stunden extremer Kälte. Das schafft kein höher entwickelter Organismus mit ausgeglichenem Wärmehaushalt.«

»Vielleicht doch, Lenders. Auf eine uns noch unbekannte Weise: durch bestmögliche Anpassung an die hiesigen Verhältnisse. Und vermutlich hängt das mit ihrer Eigenschaft zusammen, wandern zu können. Wahrscheinlich liegt eben darin der Sinn. Sehr wahrscheinlich sogar.«

»Hmmm«, machte Lenders wieder. »Aber es gibt keine Fluchtmöglichkeit auf diesem Planeten. Da kannst du wandern, so lange du willst: Tag und Nacht holen dich überall ein.«

»Und wenn sie mit der Dämmerung wandern? Dann hätten sie eine Chance, eine Chance zwischen den Extremen.«

»Waaas?« knurrte Lenders verblüfft. »Weißt du, was

das bedeutet? Das hieße: in einundneunzig Stunden einmal rund um den Planeten: zu Fuß! Wenn das in deiner jetzigen Situation nicht zu makaber wäre, würde ich dir empfehlen, das auch mal zu probieren. Dein Überleben wäre der Beweis.«

»Ich bin nicht von diesem Planeten, Lenders. Hier bin ich ein Fremdkörper, total unangepaßt. Aber was wissen wir schon, wozu hiesige Lebensformen fähig sind?«

»Okay«, sagte Lenders. »Lassen wir die Spekulationen. Mindran dürfte nicht mehr weit sein. Siehst du schon etwas?«

»Nein, noch immer nichts.«

Er stutzte plötzlich und schwieg. Vor ihm, kaum drei Meter entfernt, gurgelten einige schaumige Blasen an die Oberfläche eines Sumpfloches. Dann schob sich ein knollenartiges Gebilde aus dem Wasser, gefolgt von einem haarigen Stiel mit tentakelhaften Verzweigungen, die sich höher und höher schoben und sich dann mit den untersten Teilen im umliegenden Morast verankerten. Vor ihm stand eine der rätselhaften Pflanzen, tropfend vor Nässe: ein Sumpfwanderer.

»Was ist?« fragte Lenders. »Warum sagst du nichts?«

Er zögerte. Endlich sagte er:

»Ich glaube, Lenders, ich kenne die Lösung. Sie wandern nicht horizontal, sie wandern vertikal. Sie lassen sich einfach im Sumpf versinken und tauchen wieder auf, wann und wo es ihnen gerade paßt. Und weder UV-Strahlen noch extreme Kälte können ihnen etwas anhaben. Genau das ist ihre ökologische Nische: sie überleben im Sumpf. Sie sind Wesen der Dämmerung.«

»Hmm«, brummte Lenders. »Dann müßten sie aber jetzt nicht auftauchen, sondern verschwinden.«

Er lachte trocken.

»Vielleicht sind sie genau so neugierig auf uns wie wir auf sie. Intelligenz muß ja nicht unbedingt immer auf zwei Beinen herumlaufen. Vielleicht wollen auch sie wissen, wie wir reagieren.«

»Meintest du wirklich *Intelligenz?«*

Runge antwortete nicht. In der Ferne sah er deutlich einen Punkt, der sich auf ihn zu bewegte.

»Mindran kommt«, sagte er ruhig. »Wieviel Zeit bleibt uns noch?«

»Genug, wenn du einen Weg durch den Sumpf findest. Aber es darf kein Umweg sein. Versuche, ihm entgegenzugehen.«

»Okay, Lenders.«

Vorsichtig setzte er einen Fuß vorwärts. Der Boden hielt. Aber schon der nächste Schritt führte ins Grundlose. Er zögerte, tastete weiter, an anderer Stelle. Und er kam weiter: einen halben Schritt. Es ging unendlich langsam. Aber die Richtung stimmte. Dann versank sein rechter Fuß. Er zog ihn heraus, probierte, immer wieder. Ohne Erfolg. Es gab kein Weiter mehr.

Er sah auf. Deutlich erkannte er Mindran in seinem Schutzkombi. Er winkte. Und Mindran winkte zurück, näherte sich mit weitausgreifenden Schritten: sein Weg war ohne Gefahr.

»Siehst du dort Markierungen?« funkte Mindran ihn an.

»Nein. Sonst hätte ich es ohne dich geschafft.«

Mindran hüstelte leise ins Mikrophon.

»Ich habe euer Gespräch mitgehört«, sagte er. »Ihr seid alle Spinner. Totale Spinner. Und deshalb jagt ihr mich in diesen Morast.«

»Such lieber, Mindran!« mahnte Lenders. »Und du auch, Runge! Wie groß ist eure Distanz?«

Mindran gab keine Antwort. Er begann zu traben. Aber nicht lange. Abrupt blieb er stehen. Und schwer atmend sagte er:

»Das ist die nächste Markierung zu Runge. Alle anderen führen weiter weg. Von hier aus sind es etwa noch zwanzig Meter. Zwanzig Meter Sumpf! Zwanzig

Meter! Das schafft kein Mensch, zumindest nicht in dieser Frist. Das kann Stunden dauern, mit allen Umwegen vermutlich eine Ewigkeit. Unsere Ewigkeit! Aber das ist nicht mein Job. Er hat keine Chance, Lenders.«

Sie schwiegen. Sie wußten, was das bedeutete. Nur zwanzig Meter Distanz, aber keine Chance – trotz Sichtkontakt. Der Planet war stärker. Sie waren machtlos. Bitterkeit quoll in ihnen auf, dann Resignation.

»Geh zurück, Mindran«, sagte Runge rauh. »Geh zurück. Das ist mein Problem.«

Mindran schwieg.

Lenders räusperte sich, dann murmelte er mit belegter Stimme:

»Tu, was er sagt, Mindran. Du kennst die Vorschriften: kein Risiko! Das heißt: kein Risiko für dich. Du wirst noch gebraucht. Aber laß ihm seine Schutzkombi dort, für alle Fälle.«

»Okay, Lenders!« Dann fragte er: »Siehst du den Kombi hier liegen, Runge? Direkt bei der Markierung?«

»Ja. Aber wozu?«

Mindran hob hilflos die Schultern.

»Die können wir immer noch holen, wenn du sie nicht brauchst. Mach's gut, Runge. Ich gehe jetzt.«

Runge nickte langsam.

»Mach's gut, Mindran. Es ist schön, daß es dich gibt. Und dich auch, Lenders. Und habt Dank, Dank für alles. Ihr wißt, was zu tun ist. Ich wäre gern mit euch zusammengeblieben. Aber ich werde euch sagen, wie es zu Ende geht. Vielleicht nützt euch das was. Bleibt auf Empfang.«

»Okay«, sagte Lenders. »Ich wünsche dir was, Runge ... du weißt schon.«

»Ich weiß.«

Über die Weite der Tundra hinweg sah er Mindrans Gestalt kleiner werden. Und dann sah er noch etwas.

Die Pflanze, die vorhin kaum drei Meter vor ihm aufgetaucht war, stand jetzt ein Stück näher. Und sie kam noch näher. Doch plötzlich begann sie, sich flach über den Morast zu breiten, mit angelegten Tentakeln, kaum einen Schritt von ihm entfernt. Und ihre Tentakel schlangen sich umeinander. Sie sah aus wie ein geflochtenes Brett.

Ein Brett, registrierte er. Und er spürte, wie sein Fuß sich hob, fast gegen seinen Willen, spürte, wie sein Fuß die Pflanze berührte. Wie unter Zwang verlagerte er sein Gewicht, trat auf, trat auf die Pflanze. Und die Pflanze hielt, hielt seinen Fuß über dem Sumpf. Und er wagte den nächsten Schritt, behutsam und fast zärtlich. Und wieder den nächsten. Dann mußte er das Ende der Pflanze erreicht haben. Doch da war kein Ende. Er starrte voraus. Und er sah, wie sich kaum merklich Tentakel aus dem Morast hervorwölbten und sich ausbreiteten, Tentakel in endloser Kette, verschlungen um haarige Stiele mit knollenartigen Köpfen. Und er spürte seine Schritte, federnd auf lebendigen Körpern, sicher und ohne Gefahr. Und in Augenblicken nur erreichte er die Markierung.

Langsam schob sich die fremde Sonne über den Horizont, überflutete ihn mit ihrem Licht.

Während er die Schutzkombi überzog, blickte er zurück. Und es war ihm, als ob längs der zurückgelegten Strecke eine Reihe knollenartiger Köpfe mit seltsamen Strukturen sich ihm zuwandten. Dann verschwanden auch sie im saugenden Schlamm. Nur ein paar schillernde Schaumblasen zeigten ihre Spur: seine Spur durch den Sumpf.

»Ich komme, Lenders«, sagte er und schritt aus. »Alles andere sage ich euch in der Station. Eines jedenfalls weiß ich jetzt: Sie sind Wesen der Dämmerung, genau wie wir: warmblütig und vermutlich intelligent, wenn auch von anderer Art. Und ich bin überzeugt: sie haben gewußt, daß ich ohne sie keine Chance hatte.«

Ernst Havlik

Meinhart Fleckers letzte Jagd

Dr. Ernst Havlik, *geb. 1944 in Korneuburg, Niederösterreich.*
Nach dem Abitur Studium der Physik und Mathematik an der Universität Wien. Abschluß des Studiums mit der Promotion über ein kernphysikalisches Thema.
1971/72 Wissenschaftlicher Mitarbeiter und Laborleiter in der Optikindustrie.
Seit 1973 als Physiker im Allgemeinen Krankenhaus der Stadt Wien tätig (vorwiegend im Bereich Strahlenschutz und Datenverarbeitung in der Nuklearmedizin).
Im selben Jahr erschien sein erster Science Fiction-Roman.
Titel: Langes Leben, Liebling!
Außerdem schuf er sog. »Technographien« (computerunterstützte apparative Kunst).
Seit 1977 waren Havliks Werke in verschiedenen Ausstellungen zu sehen.
1978 – 81 Mitherausgeber der Zeitschrift Stress – Magazin für Comic-Kunst, *(Wien).*
»Meinhart Fleckers letzte Jagd« ist Ernst Havliks zweite veröffentlichte Science Fiction-Kurzgeschichte.
Dr. Ernst Havlik ist Träger des Robert Sheckley-Preises 1983.

Schon lange hatte ich mich nicht mehr so großartig gefühlt wie an diesem Nachmittag. Daran konnte auch mein geschwollenes linkes Ohr nichts ändern. Den Lift verschmähend lief ich, immer drei Stufen überspringend, das Stiegenhaus hinauf in den vierten Stock. Meine Atemfrequenz war nur wenig erhöht, als ich vor der Eingangstür zu unserer Wohnung anlangte und den rechten Zeigefinger auf den Ident-Sensor drückte. Dieser erkannte das Linienmuster meiner Fingerkuppe und entriegelte die Türe.

Gelächter aus dem Wohnzimmer und das Toben im Kinderzimmer verrieten mir, daß wir Besuch hatten.

Ich schloß die Türe und stellte meine Jagdtasche auf dem Garderobenschrank ab. Zuerst wollte ich in mein Zimmer gehen, um mich umzuziehen. Denn manches Mal, so wie heute, kam ich nach der Jagd nicht dazu, die Kleidung zu wechseln. Nein, diesmal wollte ich so zu meinen Gästen stoßen, wie man mich im Fernsehen sah: in dem purpurroten, mit grauen Lederstreifen eingesäumten und verzierten Jagdanzug. Dazu trug ich leichte, elastische Kunstlederhandschuhe in demselben Grau wie die Säume. Die purpurne Kapuze mit dem grauen Nackenschutz nahm ich allerdings ab und hängte sie auf einen Garderobenhaken. Auch streifte ich die Spezialhandschuhe ab, an denen noch Spuren von Blut und Eingeweiden klebten.

Die goldglänzenden Schweißbänder um meine Handgelenke behielt ich an. In der zurückliegenden Schlacht waren sie nicht beschädigt und kaum beschmutzt worden. Immerhin gab es auf der Welt nur neun Goldschweißbandträger. Weshalb denn falsche Bescheidenheit zeigen?

Meine Tochter Andrea entdeckte meine Ankunft zuerst. »Hallo, Papa!« begrüßte sie mich und sprang mir in die Arme. Sie trug ein rosa Spitzenkleid. Es kitzelte mich auf der nackten Brust und an den Oberarmen.

Das Temperament hatte Andrea von mir. Simone, meine Frau, war ein ruhiger, ausgeglichener Typ, der sich mit allem beschäftigte, was mit dem Schutz von Pflanzen und Tieren zu tun hatte. Sie tat das auf unspektakuläre aber konsequente Weise und hatte sich in ökologischen Kreisen einen beachtlichen Ruf erworben. Meinen Job verurteilte sie natürlich –, doch ziehen sich Gegensätze bekanntlich an.

Simone kam aus dem Wohnzimmer. Wir begrüßten uns. Beinahe traurig sah sie mich an. Je vitaler ich auftrat, desto mehr zog sie sich vor mir zurück –, wie ein scheues Wild.

»Ich habe Elisabeth und Hans eingeladen«, sagte sie, und es klang wie eine Entschuldigung. »Mit dem Essen haben wir auf dich gewartet.«

»Na fein«, sagte ich und gab ihr einen Kuß auf die Nase.

Im Wohnzimmer begrüßte ich Elisabeth und Hans. Mit keiner Familie verstanden wir uns besser als mit den Rumfels. Elisabeth und Simone kannten sich seit ihrer Schulzeit, und später, noch bevor wir verheiratet waren und von Kindern noch keine Rede war, hatten wir viele gemeinsame vergnügte Tage. Hans war jetzt im Vertrieb von Haushaltsrobotern tätig. Elisabeth hatte drei sehr lebendige Kinder zu bändigen: Markus, Marlies und Martina, und hatte es trotzdem fertig gebracht, attraktiv zu bleiben.

Der Eßtisch war bereits gedeckt. Ich entdeckte ein Glas mit Aperitif, das offensichtlich für mich bestimmt war. Hans stieß mit mir an. Er war schlank, brünett und überragte mich um einen halben Kopf.

»Weidmannsheil! oder wie man bei euch sagt. Ich bin schon gespannt auf die Große Jagd. Wie geht's denn so?«

»Sieht man das nicht?« gab ich zurück.

Simone trug das Essen auf: geröstete Heuschreckenbeine, wahlweise in Dill- oder Zwiebelsoße, mit Bratkartoffeln und Gurkensalat. Jetzt erst merkte ich, wie hungrig ich war. Ich kümmerte mich um die Getränke.

»Kinder, das Essen ist fertig!« rief Simone in Richtung Kinderzimmer.

Markus und Marlies kamen angerannt, begrüßten mich. Elisabeth ging ins Kinderzimmer, um Martina zu holen, die mit ihren elf Monaten noch nicht so sicher auf den Beinen war. Mißmutig trottete Andrea hinter ihnen her. Als sie ihren Teller sah, begehrte sie auf.

»Äh – ich mag keine Kartoffeln!«

»Dann gibt es nachher auch keinen süßen Nachtisch für dich«, sagte Simone streng, und zu den anderen: »Los, greift zu!«

Der Aufforderung kam man gerne nach. Man hörte das Knirschen der goldgelben Heuschreckenbeine.

»Die Beinchen darfst du beim Essen anfassen«, sagte Elisabeth zu Marlies. »Schau wie Papa es macht!«

Wir tranken Bier und Mineralwasser. Bier paßt zu jeder Mahlzeit, fand ich, obwohl es Leute gibt, die das entschieden leugnen und so tun, als sei man ein Barbar, wenn man zu Insekten Bier trinkt.

»Wie war die heutige Jagd?« fragte Hans.

»Ich kam zurecht«, sagte ich, »aber es war anstrengender als gewöhnlich. Die Biester waren sehr aggressiv.«

»An dir kann es wohl nicht liegen?« warf Simone ein.

»Du wirst auch nicht jünger, mein Lieber. Deine Reflexe lassen allmählich nach. Du solltest dir das Angebot des Instituts für Verhaltensforschung überlegen.«

»Ich bin noch immer ganz oben!« sagte ich lautstark und leicht verärgert. »Noch kann mir keiner das Wasser reichen. Ich denke nicht daran, den Beruf zu wechseln. Darüber können wir vielleicht in zehn Jahren reden.«

»Nun übertreib mal nicht! Du weißt genau, daß das keiner schafft. Vergiß die Jugend nicht, die nach oben drängt!«

»Denen fehlt doch die Erfahrung.«

Tatsächlich war ich auch heute wieder in Hochform gewesen. Ich mußte es ja nicht an die große Glocke hängen, daß eine gezielte Doping-Dosis mich noch reaktionsschneller gemacht hatte. Harry Glint, mein Betreuer und Manager, verstand sein Handwerk. Er hatte einen Riecher dafür, wie streng die Kontrollen waren. Mein heutiger Auftritt war schließlich keine Weltmeisterschaft, sondern eine Show für ein sensationshungriges Fernsehpublikum. Da wurde so manches Auge zugedrückt.

»Eine Jagd ist doch nicht ungefährlich. Kann dir dabei nichts Ernstes zustoßen?« fragte Elisabeth.

Ich kaute an einer Kartoffel. »Theoretisch kann ich bei jedem Auftritt umkommen«, sagte ich. »In der Praxis ist alles so abgestimmt, daß ich mit derselben Wahrscheinlichkeit überlebe wie früher die Toreros – bevor die Stierkämpfe verboten wurden. Wir Jäger sind außerdem durch extrem hohe Immunglobuline G-Antikörperkonzentrationen im Blut geschützt. Dadurch sind wir gegen die meisten Allergene der Insektengifte immun. Trotzdem kann es auch bei einem Jäger zu einem anaphylaktischen Schock kommen, mit Atemnot, Kreislaufkollaps und Bewußtlosigkeit. Die Insektengifte haben mehrere unterschiedlich wirkende Bestandteile. Einer meiner Kollegen mußte seine Karriere wegen schwerer Leberschädigung beenden, ein anderer wegen bleibendem Gehirnschaden.«

Ich trank mein Bier aus. Es schmeckte schon etwas abgestanden.

Simone räumte den Tisch ab und servierte Puddingcreme für die Kinder, Käseteller für die Erwachsenen. Martina bekam ihren Brei aus Aufbaustoffen und Vitaminen.

»Wann wird die Große Jagd gesendet? Vor ›Am Puls der Welt‹?« fragte Elisabeth.

Ich nickte. »Sie beginnt um 18.45 Uhr. Es ist eine zeitversetzte Lifesendung, die drei Stunden nach der Aufzeichnung ausgestrahlt wird. Nur selten wird daran etwas hinterher verändert. Zuletzt war das vor zwei Monaten notwendig, als man die Wespenjagd abbrechen mußte.«

»Ha, das habe ich gesehen!« rief Hans. »Dein Kollege hat nicht schlecht um sein Leben gekämpft. Bevor die Übertragung ausgeblendet worden ist, hat man noch Rettungsmänner mit Spraydosen anrücken gesehen. Hat er überlebt?«

»Ja doch«, sagte ich. »Es gibt heute sehr wirkungsvolle Antihistaminika, Schocktherapien und passive Impfseren. Ich habe erst zweimal gegen Wespen gekämpft, und jedesmal war es unangenehm. Nicht wegen der Stiche, sondern weil es so unfair ist. Ich mag Wespen; ich achte sie.«

»Hast du auch schon Löwen gejagt?« fragte mich Markus.

»Aber Markus«, sagte Elisabeth, »du weißt doch, daß das verboten ist.«

»Früher hat man aber Löwen gejagt, und Tiger und Hirsche und Wildenten und viele andere Tiere. Ich habe es in Filmen gesehen.«

»Das liegt schon lange zurück. Damals gab es noch viele verschiedene freilebende Tierarten«, erklärte Simone. »Durch sinnlose Jagd hat man viele Arten ausgerottet. Seit wir die Öko-Gesetze haben, ist es bei hoher Strafe verboten, Tiere zu jagen, auch unter Wasser –«

»Insekten darf man jagen!« rief Andrea dazwischen.

»Nur die wenigen Arten, die sich infolge der Störung des ökologischen Gleichgewichtes stark vermehrt haben«, sagte Simone. »Schmetterlinge und die meisten Käferarten darf man nicht mehr fangen.«

»Es muß ein schöne Zeit gewesen sein, als man noch die großen Tiere jagen durfte«, seufzte ich. »Habt ihr Hemingway gelesen, oder Melville? Der Mann ist seit Urzeiten Jäger. Daß man nicht jagen darf, ist widernatürlich. Wir degenerieren. Früher oder später werden wir daran zugrunde gehen.«

»Die Umwelt wäre wegen dieses atavistischen Triebes mancher Männer – echter Männer – beinahe zugrunde gegangen! ereiferte sich Simone. »Was man da im Fernsehen als Große Jagd zu sehen bekommt, ist nichts anderes als der Rest von Tierquälerei, von sinnlosem Abschlachten, nur um den Jagdinstinkt und die Sensationsgier der Zuschauer zu befriedigen. Aber zugegeben, es ist mir lieber, es sterben tausend Mücken an Stelle eines Stieres in der Arena.«

»Das wirst du nie verstehen«, erwiderte ich verärgert.

»Wie bist du zu dieser Perfektion gelangt?« fragte Elisabeth und lenkte damit von unserem Zank ab. »Hast du schon als Kind trainiert?«

Das Interesse der Gäste tat mir wohl.

»Als Kind habe ich natürlich nicht bewußt trainiert, etwa so, wie ich es heute vor einem Meisterschaftskampf tue«, sagte ich. »In den Hütten am Stadtrand, in der Nähe der Mülldeponien, wo wir als Kinder mit dem

Abfall der Großstadt spielten, gab es Unmengen von Insekten: Spinnen, Asseln, Wanzen, Ameisen, Mükken, – und Fliegen vor allem. Ich habe sie stundenlang studiert, Verhaltensforschung betrieben, wie die Gebildeten es ausdrücken würden. Dabei habe ich auch gelernt, sie zu fangen.«

Hans unterbrach mich. »Es ist zehn vor sieben. Hat die ›Große Jagd‹ schon begonnen?«

»Ah ja!« Ich drückte die Fernbedienung. Die großflächige Bildwand gegenüber der Sitzgruppe wurde hell, bunt und dreidimensional. Überlebensgroß erschienen die Portraits von zwei Klarinettenspielern, und die im Wandverbau verborgenen Lautsprecher verwandelten den Raum in einen Konzertsaal.

Rasch schaltete ich auf den richtigen Kanal um.

Auf der Bildfläche war die Arena zu sehen: ein runder Raum, sechs Meter im Durchmesser und gerade so hoch, daß ich die Handflächen gegen die Decke legen konnte, wenn ich mich auf die Zehenspitzen stellte. Wände und Decke hatten einen feinrauhen Kunststoffbelag. Auch der beige Fußboden fühlte sich rauh an. Er war weicher als die Wände. Tellergroße Deckenleuchten sorgten für homogenes warmes Licht. Im Zentrum war das Tauchbecken im Boden eingelassen – als vorschriftsmäßige Zuflucht, wenn etwas schief laufen sollte. Ich war stolz darauf, daß ich es noch nie hatte in Anspruch nehmen müssen.

Nun sah ich mich selber in der Nähe der Wand stehen, in selbstbewußter Pose, die Arme über die Brust verschränkt, die Beine leicht gegrätscht. Dramatische Musik schwoll an, als ich herangezoomt wurde. Sie wurde immer erst hinterher dazugemischt; während der Jagd hätte sie zu sehr gestört.

Ich sah mich gerne selber im Fernsehen bei meinen Auftritten. Nicht etwa aus Eitelkeit, sondern weil ich mich dabei studieren konnte, meine Bewegungen,

Reaktionen, Fehler. Alle meine Jagden hatte ich auf Floppy-disks aufgenommen. Manche von ihnen – darunter die Meisterschaftsjagden – hatte ich bereits mehr als hundertmal abgespielt, jede Bewegung der entscheidenden Phasen im Einzelbild analysiert. Ebenso studierte ich die Auftritte meiner Kollegen.

Die Musik setzte abrupt aus. Mehrere Sekunden lang herrschte bedrückende Stille.

»Die Kinder sollen ins Kinderzimmer spielen gehen«, sagte Simone. »Sie müssen das nicht unbedingt sehen. Los, kommt!«

Die Mädchen gehorchten und trippelten davon. Markus wollte die Jagd mitansehen. Seine Eltern erlaubten es ihm.

So plötzlich, daß man unwillkürlich erschrocken zusammenfuhr, setzte ein wogendes, heulendes Prasseln ein. Das Summen von dreihundert Fliegen verschmolz zu diesem schauerlichen lebendigen Geräusch. In der Wand, etwa drei Meter von mir entfernt, hatte sich ein breiter Spalt aufgetan. Eine schwarze Wolke ergoß sich in den Raum.

Am Bildrand war in hellroten Ziffern die Zahl 300 eingeblendet.

Die Geräuschkulisse war sehr realistisch wiedergegeben. Dennoch, zu dem Eindruck fehlte das spürbare Vibrieren der von hunderten Flügeln in Bewegung versetzten Luft.

»Das sind ja Fliegen!« wunderte sich Hans. Er verbarg seine Enttäuschung schlecht.

»Was hast du erwartet?« fragte ich, »Hornissen?«

»Warum nicht? Du wirst doch auch mit solchen Kalibern fertig.«

»Das sind keine gewöhnlichen Fliegen«, erklärte ich. »Man hat sie speziell für die Jagd gezüchtet.«

»Mutationen?« fragte Elisabeth.

»Ja, mit Hilfe von ionisierender Strahlung und Gen-

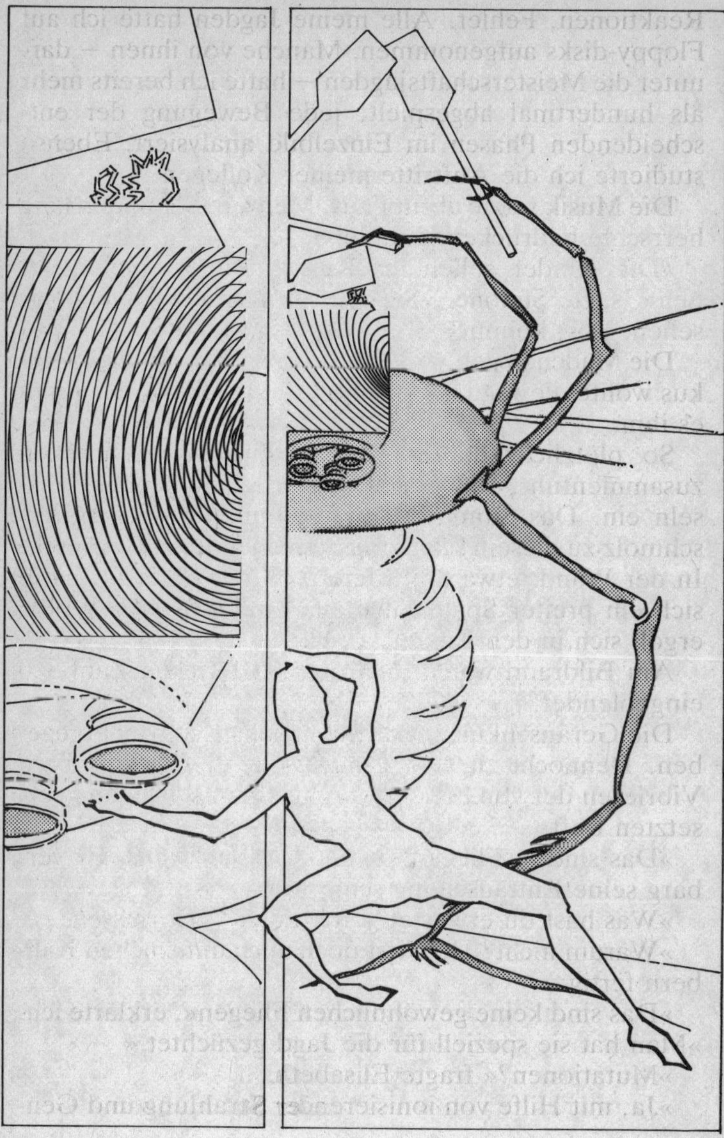

manipulation wurde aus der gewöhnlichen Stechfliege diese Abart hervorgebracht. Aber hört! Der Kommentator wird das sicher erwähnen.«

»Heute steigt wieder einmal Meinhart Flecker in das Rund; Meinhart Flecker – genannt der ›Fliegen-Flekker‹, vielfacher Europameister und Weltmeister im Jagen-Einzel!« Die Stimme des Sprechers klang ruhig, nüchtern und doch spannungsweckend.

»Wir haben den Meister schon in vielen Jagden bewundert. Er hat Moskitos gejagt, Wespen, Hummeln, Dasselfliegen; ja, er ist sogar gegen Hornissen angetreten. Diesmal jagt er –? Sie haben es sicher schon erkannt, meine Damen und Herren. Es sind Fliegen!«

Die Kamera schwelgte in Großaufnahmen. Dunkle, haarige Leiber; schillernde, transparente Flügel, durch ein Muster von Adern verstärkt; purpurne, mit hundert Glanzlichtern besetzte Facettenaugen erschienen auf der großen TV-Wand.

»Keine harmlosen Stubenfliegen natürlich, sondern der neueste Zuchterfolg der Geningenieure: die Mörderfliegen!«

Der Kommentator war lebhafter geworden. Das Fernsehbild zeigte jetzt den mattgelben, monströsen Stechrüssel einer der Fliegen.

»Sie sind viermal so groß, zehnmal so aggressiv und fünfzigmal so gefährlich wie die gewöhnliche Stechfliege. Angeblich sind fünfzehn bis zwanzig Stiche für einen Erwachsenen tödlich.«

»Dafür sind sie langsamer«, sagte ich und lachte. Ich knetete mein linkes Ohrläppchen. Die Schwellung juckte und fühlte sich sehr warm an.

Auf dem Bildschirm wurde es lebendig. Die ersten Mörderfliegen waren in meine Reichweite gelangt. Fast bedächtig fing ich sie, teils aus der Luft, teils von der Wand der Decke, bemüht, keine überflüssigen Bewegungen zu machen. Die Jagdhandschuhe waren aus einem Spezialkunststoff, der jedem Stich standhielt. Auch der Kampfanzug war stichfest. Er ließ die nach internationaler Norm festgesetzten Angriffsflächen frei: Arme, Brust und das Gesicht.

Die ständig auf dem Schirm eingeblendete rote Zahl informierte über den aktuellen Stand. Sie zeigte an, wieviele Tiere noch am Leben waren: – 272 –

Erst jetzt wurden die Fliegen kollektiv auf mich aufmerksam. Ich hatte mich nicht getäuscht: Ihr Instinkt war von der Mutierung nicht betroffen, und so war das hauptsächliche Ziel ihrer Angriffe meine Extremitäten. Ich erwartete den Schwarm, indem ich die Beine spreizte und versteifte, mit den Armen jedoch ständig hin und her schwang. Gut sechzig Tiere erwischte ich, als sie versuchten, mich in die Fußknöchel und Waden zu stechen.

Die Einer-Stelle der Insertzahl flimmerte zeitweilig, so rasch wurden die Fliegen dezimiert; ... 238 ... 222 ... 214 ... 207

Ich wischte die Angreifer von meinem Anzug ab und zerquetschte sie. In der Übertragung auf dem Bildschirm sah das nicht besonders attraktiv aus. Mit gefälliger, flotter Musik wurde der Eindruck zurechtgerückt.

Ausgerechnet diese Stelle hatte man für geeignet gehalten, einen Werbespot über Jagdsportkleidung einzuschieben.

»Die perfekte Jagd –«, sagte eine tiefe, rauhe Männerstimme, während bunte Streifen über die Bildfläche wischten. »Jagd, wie sie seit Urzeiten die Herzen der Männer bewegt.« Hirsche, Eber, Wildgänse, Elefanten wurden in rascher Folge eingeblendet. »Den richtigen Eindruck davon vermittelt der original Robin-Hood-Dress; echt nur mit der Bussardfeder! Dazu passende reichhaltige Accessoires. Wer sich eine solche Beute entgehen läßt, ist selber schuld!«

Eine junge, hübsche Frau, kaum bekleidet, verwandelte sich in eine fauchende Wildkatze. »Whaouww! – Robin Hood! Keiner jagt besser!«

Der erste Stich traf mich in die Schulter, knapp oberhalb des rechten Schlüsselbeines. Es war, als hätte man mir eine glühende Lanze ins Fleisch gerammt.

Unwillkürlich krümmte ich mich in Erinnerung an den heftigen Schmerz in meinem Stuhl zusammen. Ohne mein langjähriges Training hätten sich vermutlich die reflektorischen Wirkungen eingestellt – Atembeschwerden, Ohnmacht; in der Umgebung der Mörderfliegen eine Katastrophe.

Diesen Moment der Jagd und später die zwei anderen Stiche mußte ich gründlich analysieren, nahm ich mir vor. Sollte Simone recht behalten, wenn sie behauptete, daß meine Reaktionen langsamer wurden? Ach Quatsch! Schließlich hatte ich es heute mit Neuzüchtungen zu tun. Das soll mir mal einer nachmachen! Selbst Henry Walton, der aufsteigende Star am Jagdhimmel, hätte heute mindestens doppelt so viele abbekommen wie ich.

Der Kampf ging weiter. Als Reaktion auf den Stich versetzte sich mein Oberkörper in die ruckartigen Bewegungen, die ich mir antrainiert hatte. Der Stil, der bereits nach mir benannt wurde, hatte sich speziell bei Fliegen- und Mückenjagden bewährt. Am Bildschirm sah es komisch aus, wie ein epileptischer Anfall, aber darauf konnte ich keine Rücksicht nehmen. Mathes, der Tontechniker und Schlick an der Kamera hatten einen ihrer guten Tage; sie verwandelten die Schüttelfrostszene in einen rasanten exotischen Tanz.

Die Wende in der Jagd kam, als nur noch hundert Fliegen übrig waren. Die unkontrollierten Angriffe blieben aus. Als hätten die restlichen Insekten aus dem Verlauf der Jagd gelernt, verhielten sie sich abwartend, weniger aggressiv. Vereinzelte Angreifer waren kein

Problem. Die zweite, nicht weniger gefährliche Phase der Jagd bahnte sich an.

Allmählich kehrten sich die Rollen um, wurde ich vom Gejagten zum Jäger. Die Mörderfliegen hatten sich in der Arena verteilt, mit einer Häufungsstelle genau mir gegenüber. Etwa die Hälfte von ihnen kurvte in der Luft. Die anderen saßen auf der Wand und auf der Decke, einige wenige auch am Fußboden. Das anfangs lautstarke Summen war zu einem gleichmäßigen, beinahe beruhigenden Hintergrundgeräusch abgesunken.

Mit der linken Schulter an der Wand streifend bewegte ich mich langsam im Kreis. Die mutierten Fliegen waren tatsächlich langsamer als natürliche Stechfliegen; jetzt im Fernsehen konnte ich das nochmals feststellen. Mit Präzision arbeitete ich mich voran, fing die Biester aus der Luft, wischte sie von der Decke, zerquetschte sie an der Wand. Keine Spur von langsamen Reflexen bei mir!

Es ging mir zu glatt; wahrscheinlich auch dem Publikum. Man kann nicht nur einfach gut sein, um groß im Geschäft zu bleiben. Man muß denjenigen, von deren Geld man lebt, beizeiten etwas Besonderes bieten.

Die Zahl der verbliebenen Fliegen schien mir für eine Einlage gerade recht. So setzte ich mich entgegen allen Sicherheitsregeln auf die niedrige Brüstung des Tauchbeckens, die Beine überkreuzt, mit ausgestreckten Armen das rechte Knie umfassend, und pfiff »Oh, wie ich die Tiere liebe«. Das bekannte Schlagerthema wurde von der Musikregie dankbar mit großem Orchester aufgegriffen.

Es dauerte eine volle Minute, ehe der nächste konzentrierte Angriff erfolgte. Das Zögern hätte mich stutzig machen müssen. Statt dessen fing ich betont lässig und im Takt der Melodie die paar Fliegen, die sich in meine Reichweite gewagt hatten.

Eine der Mörderfliegen war zu meinem Nackenschutz vorgedrungen. Selbst jetzt bei der TV-Wiedergabe konnte ich nicht erkennen, wie sie es geschafft hatte. Obwohl ich auch jetzt hin und wieder den Kopf ruckartig nach oben und unten bewegt hatte, ließ sie sich nicht abschrecken. In einem Halbkreis flog sie zu meinem linken Ohr. Auf der Bildwand sah man das ganz deutlich, in beinahe makroskopischer Vergrößerung. Der gelbe Stechrüssel bohrte sich in den oberen Ansatz des Ohrläppchens. In psychosomatischer Reaktion strömte eine heiße Welle des Schmerzes durch mein Ohr, jetzt, wo ich die Szene als Zuschauer nacherlebte. Die Hand an das linke Ohr gepreßt, starrte ich auf die Bildwand. Dieser zweite Stich hatte mich ziemlich schwer getroffen.

Doch damit nicht genug! Wenige Sekunden später, noch während ich den Schmerz verwand, mußte ich den dritten Stich hinnehmen – diesmal in Magenhöhe, knapp über dem Gummiwulst des Kampfanzuges.

Keine Deckung! Im TV war das klar zu erkennen. Das passierte normalerweise nur Anfängern.

Ein Stich mehr, und meine Histamin-Blockade wäre zusammengebrochen. Es waren die schlimmsten Augenblicke seit meiner Bremsenjagd vor einem Jahr. Zwei schreckliche Sekunden lang dachte ich, daß ich in meiner Leistung tatsächlich nachzulassen begann. Wenn das bloß die Medienmanager nicht merkten! Denen geht es doch nur ums Geschäft. Da ist man sehr rasch abgeschrieben, unbarmherzig.

Ich schüttelte die unbehaglichen Gedanken ab und konzentrierte mich auf die Beobachtung meiner Reaktionen auf dem Bildschirm.

Nach dem letzten Stich hatte ich mich instinktiv eingerollt. Jetzt pendelte ich auf dem Geländer hin und her, verlor das Gleichgewicht. Beinahe wäre ich ins Wasser gefallen – was eine ungeheure Schande für einen Champion wie mich bedeutet hätte. Hier war die Gelegenheit für aufpeitschende, dramatische Musik.

Meiner langjährigen Routine und ungezählten Trainingsstunden verdankte ich es, daß ich diese kritische Situation meisterte. Noch benommen von der doppelten Dosis wankte ich zur Wand der Arena. Automatisch verfiel ich in die Abwehr-Vibrationen. Drei oder vier Fliegen erledigten meine Hände, ohne daß es mir richtig bewußt wurde.

Mit dem Verebben des Schmerzes wuchs mein Haß auf die Biester. Jetzt kannte ich keinen Pardon mehr.

Die Endphase der Jagd war geprägt von eiskalter, präziser Abschlachtung der verbliebenen Fliegen. Ich gab mir keine Blöße mehr.

Gegen Ende kamen noch einige spannende Momente ins Spiel. Wieder einmal fand ich meine Überzeugung bestätigt, daß ein solcher Kampf das beste Beispiel für Selektion darstellt. Die besten überleben, oder vorsichtiger ausgedrückt, unter den letzten Überlebenden befindet sich ein statistisch signifikant höherer Anteil tüchtiger, um nicht zu sagen intelligenter Individuen.

Die letzten Mörderfliegen zur Strecke zu bringen, dauerte ebenso lange wie die ersten hundert.

Fanfaren schmetterten.

Alles in allem war es eine recht spannende Darbietung gewesen. Ich durfte mich noch immer als *der* Jagdchampion fühlen. Mal sehen, wie sich in zwei Wochen Roberto Tramesi anstellt, der Neuling, der in den letzten Monaten vom Südeuropäischen Lager aufgebaut worden war!

»Großartig!« rief Hans, als der Schirm die Schlußzeremonie übertrug. »Ich verstehe nicht viel davon, aber das war diesmal wohl gar nicht so einfach, wie?«

»Mittendrin bist du leichtsinnig geworden«, meinte Elisabeth. »Wie sieht es mit deinen Stichwunden aus?«

»Nicht der Rede wert«, winkte ich ab.

Tatsächlich war von den Einstichen an der Schulter und am Bauch nicht viel mehr als je ein dunkelroter Punkt übriggeblieben. Bloß das geschwollene Ohr beunruhigte mich. Es brannte noch immer ein wenig und wollte nicht abschwellen. Am Ohr ist man immerhin empfindlicher als an der Schulter, versuchte ich mich zu beruhigen.

»Interessant, diese Mörderfliegen«, sagte Hans. »Wer weiß, was diese Biotechnos noch alles in dieser Richtung entwickeln. Ich sehe dich schon auf dem Stachel einer Riesenbiene aufgespießt zappeln.« Er zündete sich eine Zigarette an.

»Es wird Zeit, daß wir aufbrechen«, drängte Elisabeth. »Martina sollte schon im Bett sein.«

»Diese eine rauche ich noch; dann gehen wir«, meinte Hans.

»Darf ich den Damen noch ein Glas Sherry aufdrängen?« fragte ich und holte die Südweingläser aus dem Schrank.

»Aber bitte nur halb«, stimmte Elisabeth zu, »danke, genug, genug!«

Simone ließ sich ihr Glas füllen. Ich selber nahm mir einen echten oststeirischen Obstler.

Die Rumfels blieben noch eine Viertelstunde. Herzlich verabschiedeten wir uns.

»Gib die richtige Hand!« sagte Simone zu Andrea. Hans mußte sich im Türrahmen ducken, als er auf den Flur hinaustrat. Wir winkten ihnen zum Lift nach.

Während der Nachrichtenshow »Am Puls der Welt« räumten Simone und ich im Wohnzimmer und in der Küche auf. Bald darauf wurde Andrea ins Bett geschickt. Ich zog meinen Kampfanzug aus und schlüpfte in den Hausrock. Bier und Knabberzeug zu meiner Rechten wollte ich es mir im Fernsehstuhl gemütlich machen.

Irgendwas stimmte nicht mit mir. Ich fühlte mich

kraftlos. Von meinem linken Ohr ausgehend wurde heißer Schmerz in meinen Körper gepumpt. Aus der Küchenapotheke holte ich eine schmerzstillende Tablette. Das Medikament wirkte rasch. Die Kopfschmerzen klangen ab. Statt dessen verspürte ich zunehmende Übelkeit.

Im Kanal West 1 lief noch immer »Hinrichtung um acht«. Da ich bereits mehr als zwei Drittel der Sendung versäumt hatte, schaltete ich auf einen Sportkanal um. Aus Grönland wurde von den Vorbereitungen zu den 30. Olympischen Winterspielen berichtet.

Simone hatte neben mir Platz genommen.

Der Fernsehsprecher unterbrach seinen Bericht. »Geehrte Zuschauer! Wir bringen eine wichtige Mitteilung. Sie betrifft die Veranstaltung ›Die Große Jagd‹, die Sie heute abend auf den Bildschirm miterleben konnten. Wie erst jetzt bekannt wurde, gelangten einige Mutationen der Type C 2 unter die für die Jagd freigegebenen C1-mutierten Mörderfliegen. Wenn der Champion, Herr Meinhart Flecker von einer solchen Fliege gestochen wurde, schwebt er in höchster Lebensgefahr. Er muß dringend ärztlich behandelt werden. Ein Experte ist bereits zu ihm unterwegs. Über die Wirkung des Giftes hat man nur spärliche Informationen aus Tierversuchen. Diesen zufolge tritt die Wirkung stark verzögert, aber umso stärker ein als bei jedem anderen Insektengift. Bei Kaninchen wurden vier Stunden nach dem Stich Lähmungserscheinungen beobachtet. Sehr bald nach dem Auftreten der ersten Symptome verendeten die Versuchstiere.«

»Um Himmels willen! Was redet er da?« Simone war sehr aufgeregt. »Wie kann so etwas Unverantwortliches passieren?«

An der Wohnungstür summte es. Simone verließ das Wohnzimmer.

»Guten Abend. Ist Herr Flecker zu Hause? Ich bin

Arzt; es ist dringend!« sagte eine seriös klingende Stimme aus der Gegensprechanlage.

»Ja, mein Mann ist zu Hause«, hörte ich Simone antworten. Wenig später öffnete sie die Wohnungstür.

»Wo ist er?« fragte die Männerstimme von vorhin.

Nach den Geräuschen hastiger Schritte in der Diele zu urteilen, war der Arzt nicht alleine gekommen.

»Geradeaus, im Wohnzimmer; aber ...«, sagte Simone.

»Los, kommt! Schnell!« rief der Arzt.

»Was haben Sie vor?« fragte Simone irritiert und lief ihnen hinterher. »Ist es wegen der mutierten Fliegen?«

»Ja, natürlich«, sagte der Arzt.

Drei Männer kamen eilig ins Wohnzimmer. Zwei von ihnen trugen die blau-weißen Overalls der Sanität. Der dritte richtete eine handliche Fernsehkamera auf mich.

»Wie geht es Ihnen, Herr Flecker?« fragte der Arzt.

»Nicht gut, gar nicht gut«, stöhnte ich.

Unsere Stimmen klangen seltsam melodisch und hallten, als sprächen wir im Hauptschiff eines großen Doms.

Mein Körper bäumte sich auf. Heftige, schmerzhafte Krämpfe schüttelten mich.

Ich stieß einen Schrei aus, und deutlich vernahm ich dessen Echo. Trotz der unbeschreiblichen Schmerzen nahm ich meine Umgebung klar und ungewöhnlich intensiv wahr: den Arzt, der mir zwei Injektionen verabreichte und mir einen Herzprotektor montierte; den zweiten in Blau-weiß gekleideten Mann, der dem Arzt assistierte; den Kameramann, der ungerührt um mich kreiste, beflissen, meine Mimik und Gestik wirkungsvoll ins Bild zu bekommen; – und Simone, die etwas beiseite stand, mich entsetzt und ungläubig anstarrte.

»Wird er es überstehen?« fragte sie. In ihrer Stimme lag etwas Argwohn.

»Das wissen wir nicht«, sagte der Arzt. »Wir haben noch zu wenig Erfahrung mit dem Gift der neuen Mutationen. Fest steht bisher nur, daß es ein Kinin enthält, das zu bleibenden Muskellähmungen führt.«

Die furchtbaren Schmerzen verebbten, – sicher als Folge der intensiven Behandlung.

»Wo haben ihn die Fliegen erwischt?« fragte der Arzt und begann meinen Körper nach Stichwunden abzusuchen. Ich wollte ihm selber antworten, brachte aber nur ein leises Krächzen hervor.

»Ah, ich sehe! Am linken Ohr. Das könnte die C2-Mutation gewesen sein.«

Die Fernsehkamera kam ganz nahe an mich heran.

Eine nie gekannte Kälte befiel mich, doch war ich bereits zu sehr erstarrt um zittern zu können. Mein Körper, den ich nicht mehr wirklich wahrnahm, kippte ein wenig zur Seite, gerade soviel, daß dadurch die TV-Wand in das Blickfeld meiner unbeweglichen Augen geriet.

Was ich auf dem Bildschirm erblickte, war für mich ein neuerlicher, letzter Schock: Ich sah mich selbst, meinen unnatürlich verkrümmten Körper, wie in einem seitenrichtigen Spiegel!

Die Kamera schwenkte zu dem Arzt, der mich betreut hatte. Im Hintergrund kamen meine Meisterschaftspokale gut ins Bild.

»Es tut mir leid, Frau Flecker«, sagten das Portrait auf dem Bildschirm und zugleich dieselbe Stimme rechts hinter mir. »Ihr Mann ist so gut wie tot. Nur klinisch gesehen ist er noch am Leben, da der Herzprotektor weiterhin dafür sorgt, daß Blut in das Gehirn gepumpt wird. Ich bezweifle jedoch, daß er noch etwas wahrnehmen kann. Er ist Opfer seines Kampfgeistes geworden.«

»So, ist er das?« hörte ich Simone mit ungewohnt eisiger Stimme sagen. »Ich soll Ihnen wohl diesen genial als Unglücksfall arrangierten Abgang meines Mannes abkaufen? Sie haben keine Woche zu spät zugeschlagen, als Sie merkten, daß er nicht mehr der Top-Star war, für den er sich immer noch hielt. Wer hat die tödlichen Mutationen unter die anderen Fliegen gemischt? Sie alle haben ihn auf dem Gewissen!«

»Keine Sorge«, sagte der bärtige Kameramann zu dem Arzt. »Den Ton hatte ich rechtzeitig weg.«

Daß das Sterben so lange dauert! Noch immer lag die TV-Wand in meinem Blickfeld. Nun war das bekannte Gesicht des Sprechers zu sehen.

»Was Sie soeben life in dieser Einblendung gesehen haben, trifft die ganze Sportwelt wie ein schmerzlicher Schlag. Meinhard Flecker, der große Jäger, ist nicht mehr. Aus diesem Anlaß ändern die Kanäle West 1 und Nord 3 ihr Programm. Autorisierte Kassetten über den Champion, mit sensationellen Ausschnitten aus seinen besten Jagden, seiner letzten großen Jagd gegen die Mörderfliegen und mit Szenen seines schrecklichen Todes erhalten Sie ab morgen früh in allen Videofachgeschäften. Verlangen Sie ›Meinhart Fleckers letzte Jagd‹! –«

Werner Puchalla

Suche guterhaltenen Planeten billig zu kaufen

Retief 000384 – 07965 – 887 ab 19 Uhr

Werner Puchalla, *geb. 1953 in Kettwig.*
Im Anschluß an seine schulische Ausbildung absolvierte er eine Lehre als Rationalisierungsfachmann.
Nach Ableistung seines Grundwehrdienstes bei der Bundeswehr unternahm er diverse Auslandsreisen in die USA, nach Südafrika und in die Karibik.
1980 holte er das Abitur auf dem Zweiten Bildungsweg nach und studiert seitdem Publizistik an der Universität Bochum.
Er ist Inhaber einer kleinen Werbeagentur und ist gleichzeitig als Journalist für verschiedene Stadtillustrierte und Zeitungen tätig, u. a. für Guckloch, Marabo-Magazin *und die* Westdeutsche Allgemeine Zeitung.
»Planeten zu kaufen gesucht« ist seine erste Science Fiction-Kurzgeschichte.

Galaktische Geschichte, Band I, Teil I, Kapitel I:

Der Aufbruch ins Weltall

Sprachcode: Galactic Slang

Es begann am 6. 8. 1931 in der Schweiz mit der Geburt des Heinrich Knöpflinger, oder, wenn man es ganz genau betrachtet, fing der Aufbruch erst zig Jahre später an, nachdem Heinrich Knöpflinger sein Studium der Astrophysik und des Weinbaus beendet hatte. Dann arbeitete er nämlich bei einem Weinbauern und beschäftigte sich nebenbei mit der berühmt-berüchtigten Formel von Einstein: $E=MC_2$. Als die Weinernte 1961 eingebracht worden war, wußte Knöpflinger, wie man diese Formel nutzbringend einsetzen konnte und konstruierte bis zur Weinernte 1987 den Tweep-Antrieb, das legendäre Urmodell aller Raumschiffmotoren, das bis heute seine Gültigkeit hat und nur in Kleinigkeiten, wie z. B. dem Energieverbrauch, der Geschwindigkeit, dem Plasmadreckausstoß, der Größe, dem Gewicht und den notwendigen Wartungsintervallen verbessert wurde.

Unbestrittene Vorteile des Urmodells waren erstens der relativ geringe Energieverbrauch: schon mit einer 12 Volt/55Ah-Autobatterie kam man 11,48 Lichtjahre weit, und dies in 47 Minuten; zweitens die Größe von nur 48 x 23 x 12 cm für den Motor (zuzüglich Batterie und Auspuffrohren), und drittens das geringe Gewicht von 4,76 kg.

Doch Knöpflinger erging es nicht viel anders als vielen verkannten Erfindern: als er 1988 seine Erfindung auf dem 143. Jahrestag der Schweizer Astrophysiker und Weinbauern formelmäßig präsentierte, war die einzige Auswirkung, daß der Weinverbrauch während der Tagung überproportional anstieg, was für ihn nur ein äußerst schwacher Trost war.

Frustriert zog er sich auf sein Weingut zurück, das er von seinen Eltern übernommen hatte, überarbeitete den Motor noch einmal und machte ihn hyperraumfähig. Dann überlegte er, wie er seinen Tweep-Antrieb weltweit bekannt machen konnte, ohne ausgelacht zu werden, und hatte schließlich bei der Weinernte 1991 die Lösung: Er baute den Tweep-Antrieb in seinen Fiat 500 ein (siehe Katalog der ausgestorbenen Autorassen, Yggswal 2384), und düste zehn Tage später damit nach New York zur UNO, wo zu diesem Zeitpunkt eine Konferenz über die mehr oder weniger friedliche Nutzung des Weltraums stattfand.

Nach zwei Minuten Flugzeit war er da, hatte aber eine fürchterliche Erkältung, weil er nicht bedacht hatte, daß die Temperatur mit steigender Höhe reichlich abnimmt (siehe Fahrenheits Wärmegesetz, § 2, Abs. 1, Satz 3).

Als er glücklich, aber erkältet, in New York angekommen war, fand er blitzschnell das UNO-Gebäude und schaffte es auch, mit seinem Fiat durch die großen Eingangstüren zu kommen und direkt in den Hauptsitzungssaal zu fliegen, in dem gerade eine hitzige Debatte stattfand.

Nun muß man bedenken, daß zum damaligen Zeitpunkt die Raumfahrt in einer irrwitzigen Sackgasse war: die Raumschiffe bestanden aus 100 m hohen Rohren, die voll mit flüssigem Treibstoff waren, der verbrannt (!) wurde, obendrauf befand sich eine kleine Kapsel von der Größe einer Luxusduschkabine, in der die Astronauten angeschnallt lagen, verpackt in große Frischhaltebeutel. Mit diesen Rohren schafften sie nur geringe Entfernungen, gaben sich aber gleichzeitig der Illusion hin, kurz vor der Eroberung des Weltraums zu stehen.

Als Knöpflinger in den Sitzungssaal düste, hielt gerade der Vertreter der USA, Jeffrey Lee Pierce, eine Rede, in der er klar und deutlich machte, warum die USA die Nr. 1 waren, es seien und auch bleiben würden, egal wo, und koste es, was es wolle.

Pierce war ein Mann, den nichts erschüttern konnte, von falsch temperierten Eiswürfeln einmal abgesehen, und so schaute er auch nur geringschätzig auf den in zwei Meter Höhe direkt über ihm parkenden Fiat 500, um dann mit seiner Rede fortzufahren.

Die anderen Abgeordneten hatten Knöpflingers Einflug gar nicht mitgekriegt, da sie gerade frühstückten oder die Zeitung lasen oder mit dem Nachbarn Schiffeversenken spielten. Knöpflinger war erschüttert über diese Ignoranz, doch er hatte sie in seinem genialen Plan, Codename: »Freie Fahrt für freie Bürger«, vorsorglich eingeplant. Also begann er mit dem zweiten Teil seines Plans. Er öffnete von innen den Kofferraum, aus dem sich eine Fahne entrollte, während Knöpflinger mit dem Fiat seine Runden zog, bis man die Fahnenaufschrift lesen konnte: »Schweizer Wein – der ist fein!«

Nach 24 Runden durch den Sitzungssaal wußte er, daß er gesiegt hatte. Pierce hatte mit seiner Rede aufgehört (weil ihm die Fahne über die Haare gestrichen war und sein Toupet zu Boden gerissen hatte), und alle Delegierten schauten zu ihm hinauf (weil sie den einschläfernden Klang von Pierces knarrendem Südstaatendialekt plötzlich vermißten).

Prompt ging Knöpflinger zu Teil III seines Plans über, er hielt seine berühmte »Weinbau-im-Weltall-Rede«:

»Ladys und Gentlemen, ich hoffe, Sie entschuldigen mein etwas ungewohntes Auftreten, aber es ging leider nicht anders. Wie sie sehen, fliegt mein Auto.«

Nun, das hatten die meisten gesehen, aber da fast jeder Abgeordnete den anderen alles zutraute, hatten sie nicht weiter darauf geachtet, außerdem war in New York ja alles möglich.

»Und warum fliegt es?« fragte Heinrich Knöpflinger seine Zuhörer. Einige steckten sich erstmal eine Zigarette an und beobachteten den blauen Dunst (zollfrei, versteht sich), andere versuchten, zum Fenster hinauszugucken, was allerdings schwierig war, da der Hauptsitzungssaal keine Fenster hatte. Betretenes Schweigen erfüllte den Saal, nur das Röcheln der altersschwachen Klimaanlage war zu hören.

»Weil ich den sensationellen Tweep-Antrieb eingebaut habe!«

Alle ließen diese Worte in sich einsickern, der Abgeordnete Italiens, ein ehemaliger Schwarzmarktprofi, reagierte dann am schnellsten. »Wie teuer ist dieser Antrieb, Boß?«

Und prompt kam Bewegung in den Laden, alle sprangen auf und gestikulierten, es war wie in der New Yorker Börse fünf Minuten vor Ausbruch des schwarzen Freitags.

Honda Suzuki, Japan: »Ich biete 2 Millionen Yen und kostenlosen Harakiri-Lehrgang!«

Werner Müller-Brechgau, BRD: »200000 DM und eine kostenlose Rundfahrt durch den Schwarzwald, inklusive einer Nacht mit der Loreley!«

Werner Müller-Brechgau, DDR: »100000 richtige deutsche Mark und ein Abendessen mit Honecker!«

Asfah Kano, Togo: »10 Tonnen Betelnüsse und 1 Woche De-Luxe-Harem!«

Mit schräg sitzendem Toupet sprang Pierce auf und schrie: »300000 Dollar und 1 Jahresticket für Disneyland!«

Wütend sprang Igor Lew Pierkowski, sein russischer Intimfeind und Saufkumpan, auf: »Imperialistischer Ausbeuter! Die heldenhafte Sowjetunion bietet 199999 Rubel und 2-Jahreskarten für Bolschoi-Ballett!«

Franco Parma, Italien: »Hör nicht auf die Gauner! Ich dagegen mach' dir ein faires Angebot, 200000 Lire bar auf die Hand und zehn Jahre lang kostenlose Wartung des Fiats, denn dein Auto muß mal dringend in die Werkstatt, mein Freund, der Unterboden ist ja schon halb verrostet!«

Knöpflinger war kurz vor dem Nervenzusammenbruch, er hatte zwar mit dem Schlimmsten gerechnet, aber nicht mit dem Allerschlimmsten, und dies hier war noch schlimmer!

»Ruhe«, schrie er verzweifelt ins Mikro, »Ruhe, verdammt noch mal!« Und es trat Ruhe ein, vom Röcheln der Klimaanlage, wie gesagt, abgesehen. Gespannt sahen sie ihn alle an.

»Jeder von Ihnen kann meinen Antrieb haben!« Kaum waren diese folgenschweren Worte verklungen, als eine mittlere Panik ausbrach und jeder nach vorne stürzte.

»Ich zuerst!«

»Nein, ich!«

»Erst ich.«

»Haut ab hier, der ist für mich!«

Sie tobten zehn Minuten lang, dann ergriff Knöpflinger erneut das Wort. »Also, wie gesagt, jeder kann ihn haben, unter folgenden Bedingungen:

Erstens: Der Tweep-Antrieb wird von der Schweizer Industrie hergestellt, die dafür auch Lizenzen vergeben kann.« (Langes Klatschen des Schweizer Abgeordneten Alfons Knöpfli.)

»Zweitens: Jeder Käufer verpflichtet sich, folgende zwei Bedingungen auf jedem neu besiedelten Stern strikt einzuhalten: a) Auf jedem Stern wird Weinbau betrieben. Die Herstellung anderer alkoholischer Mittel darf 1/5 des Weinbaus nicht überschreiten.« (Betretenes Schweigen bei der Fraktion der Freunde der harten Getränke.) »b) Überall herrscht ein freies Bankensystem und das absolute Bankgeheimnis.« (Grimmiges Knurren bei den Vertretern der sozialistischen Staaten, betretenes Schweigen bei den Abgeordneten der Staaten mit einer hohen Steuerquote, glückseliges Lächeln bei allen anderen.)

Knöpflinger drückte auf die Hupe, ein gequältes Quäken erfüllte den Saal, er legte den ersten Gang ein und schoß zur Tür des Sitzungssaals hinaus.

Fünf Minuten später saß er auf der Holzbank vor seinem Berghaus und genoß den Sonnenuntergang und ein Glas von Knöpflingers Beerenauslese 1984.

Fünf Jahre später war der Tweep-Antrieb auf der ganzen Welt verbreitet; die ersten hundert Sterne waren bewohnt. Wie bei allen umwälzenden Erfindungen gab es auch mit der Popularisierung des Tweep-Antriebs gewisse Schwierigkeiten, im einzelnen Haushalt wie auch bei manchen Nationen (allerdings nicht bei den sozialistischen Staaten, wie man anmerken muß, die hatten genug Schwierigkeiten mit der Umstellung auf ein freies Bankensystem).

Die OPEC war pleite gegangen, keiner wollte mehr Erdöl kaufen, um es in vorsintflutlichen Verbrennungsmotoren in lärmende Bewegung umzusetzen. Die Autoindustrie hatte dagegen einfach ihre Produkte mit dem Tweep-Antrieb ausgerüstet und weltraumtüchtig gemacht – bei stark erhöhten Preisen, versteht sich.

Umstellungsschwierigkeiten gab es auch beim Fahren mit dem Tweep-Car, wie man die Autos nannte, die ja keine Straßen mehr brauchten. In den ersten drei Jahren war es rein theoretisch sicherer, auf den jetzt leeren Straßen spazieren zu gehen, als mit einem Tweep-Car 50 oder 5000 m höher umherzudüsen. Nun ja, rein theoretisch, denn Luft hat keine Balken und keine Ampeln. Das hieß im Klartext: Es war verdammt gefährlich, ohne Kopfschutz auf die Straße zu gehen oder zum Fenster hinauszuschauen.

Als dann Millibert C. Weintraub 1997 den Tweep-Antrieb modifizierte und man damit bis zu 500 Lichtjahre pro Stunde schaffte, hatte bald die Stunde Null für die gute alte Erde geschlagen. Binnen drei Jahren verringerte sich die Weltbevölkerung um 6398000000 auf rund 34000000 erzkonservative Erdbewohner, die es auch bleiben wollten. So gab es denn eine ziemlich ruhige Feier zur Jahrtausendwende, denn der Rest war unterwegs, den Kofferraum voll mit tiefgefrorenen Hamburgern, Thermoskannen mit heißem Kaffee und den bewährten Shell-Galaxis-Atlanten. Es war wie beim Goldrausch, aber jetzt ging es um riesig große Nuggets.

300 Jahre später hatte sich die Lage halbwegs stabilisiert, der Großteil der Galaxis war zivilisiert worden. An allen strategischen Knotenpunkten hatte Uniburger (ein Zusammenschluß aus Milkywayburger und Galaxoburger) Satelliten-Drive-Ins aufgestellt, mit Restaurants, Kinos, Einkaufscentern, Bankschaltern der GGB (Galactic Gnome Bank), Bars und was man eben so zum Leben braucht.

GTC (Galactic Telephone and Cableless Communication) hatten ein halbwegs funktionierendes Kommunikationssystem aufgebaut, was auch nötig war, denn schon 100 Jahre später, im Jahr 2400, gab es 143897 bewohnte Planeten mit 1 – 5 Familien, 63872 Planeten mit 5 – 50 Familien und rund 23000 Planeten mit mehr als 5 Millionen Einwohnern. Eine Hauptstadt im üblichen Sinne, das heißt einen Hauptstern, gab es nicht, genausowenig wie Militär oder Steuern oder Finanzämter. Die Polizei finanzierte sich durch ihre Strafmandate, alle übrigen Sachen regelte jeder Stern für sich selbst.

Mit anderen Worten: die Galaxis war und ist immer noch unregierbar. Dies hängt wohl auch mit dem neuen Menschenschlag zusammen, der sich, wohl eine Folge der Evolution, in den letzten 400 – 500 Jahren herausgebildet hat, dem sogenannten homo universus – einer wilden Mischung zwischen Cowboy und Indianer.

Tja, und jetzt, am Ende dieses Kapitels, inzwischen schreiben wir das Jahr 2837, stellt sich natürlich die Frage, wie soll es weitergehen in dieser Galaxis?

Zum Verdruß der Marketingmanager und zum Entsetzen der Verlagsleitung interessiert das anscheinend keinen. Deshalb wird der großzügig bebilderte Sammelband: Galaktische Geschichte, herausgegeben von S. Heckley Universal Books Ltd., bis auf weiteres nicht fortgesetzt!

Bord-Computer-Ausdruck
des galaktischen Verkehrsfunks

Trink Paxino-Cola,

das köstliche Getränk für jung und alt!

Datum: 3. 9. 2837 17.14 GEZ
Wie die Sternenpolizei soeben meldet, ist der Hyperraum im Planquadrat 47 quax 11 bis auf weiteres nicht befahrbar. Benutzen Sie bitte die ausgeschilderten Umleitungen.

Und hier noch eine wichtige Mitteilung für Familie Müller vom Planeten Foxtrott 14, zur Zeit unterwegs in einem blaugelben Alfa Romeo mit dem Kennzeichen Foxtrott 14-1: Ihr Planet wurde von einem ausgeflippten Asteroiden zu 84 % zerstört. Bitte suchen Sie sich einen neuen und rufen Sie umgehend Ihre Versicherung an.
Dieser Bord-Computer-Ausdruck zerstört sich binnen 10 Minuten. Vielen Dank für Ihr Interesse, und vergessen Sie nicht:

PAXINO – COLA
Die Nr. 1 im Universum!

Alfred Hugendubel (»meine Freunde nennen mich Al, meine Feinde sind tot«) starrte mißtrauisch den Neuen an, wie er in seiner schmucken rostroten Uniform vor ihm stand. Wieder so ein Greenhorn, dem er klarmachen sollte, wie es draußen aussah. Draußen, wo der Pöbel war, dieser Haufen gesetzesloser Anarchisten, die sich einen Scheißdreck um Verkehrsregeln kümmerten.

»Un wie heißte?«

»Lewis L. Lewis, Sir!«

Hugendubel stöhnte innerlich und rülpste fürchterlich. Auch das noch. »Na, auch egal, werd dich Lew nennen, und nun ab in die Kiste.«

Die Kiste war ein hyperraumtüchtiges Polizeifahrzeug mit allen Schikanen: eingebauter Grill, Warmwasserdusche, 3 Zellen, Erste-Hilfe-Ecke, 1 bequemes Wasserbett für den Chef (Alfred Hugendubel) sowie 1 lebensgefährliche Hängematte (für die Neulinge, getreu Hugendubels Leitmotto: Was mich nicht umbringt, macht andere fix und fertig).

Lewis L. Lewis kletterte vorsichtig in das vorsintflutlich wirkende Gefährt, das ihm mit seinen vielen Rostlöchern und der überall abblätternden Farbe nicht gerade besonders sicher vorkam.

»Na los, nicht so langsam, oder willste hier verschimmeln?« Hugendubel schubste ihn vorwärts in die Fahrerkabine.

Lewis L. Lewis verschlug es die Sprache, als er dort angelangt war: links stand ein äußerst bequem aussehender Ledersessel, rechts ein am Boden festgenagelter Holzstuhl. Das fing ja gut an.

Das dachte Hugendubel auch, als er sich stöhnend in den Ledersessel fallen ließ, auf die Schnellstartautomatik haute und aus dem Kühlschrank eine Flasche Bourbon holte.

Die Kiste schoß vorwärts und Lewis L. Lewis rückwärts, gegen das Geweih eines Quaoxl-Stiers. Als er nach zehn Minuten wieder nach vorne kam, einen dikken Verband um die Stirn, fand er Hugendubel schnarchend vor. Resigniert setzte er sich auf den Holzstuhl und versuchte, die bequemste Sitzposition zu finden. Nach zwei Stunden war Hugendubel dann wieder wach und Lewis L. Lewis mit den Nerven fertig: es gab keine einzige bequeme Sitzposition.

»Na, Bürschchen, alles paletti? Wo bleibt denn der Kaffee, he!« Also ging Lewis L. Lewis nach hinten in die Kombüse und setzte Kaffee auf. Während dieser durchlief, durchsuchte er die Küchenschränke nach Kaffeetassen und fand dabei unter anderem: 1 Großpackung Laser-Schrot-Patronen, 12 Handgranaten, 1 Mini-Flammenwerfer, 1 Lasso, 1 Clubausweis für den »Glitter Dome« auf West-Sirius, 3 Smersh-Granatenwerfer, 5 gebundene Playboy-Jahrgänge, 1 Straßenkarte von Ohio, Erde, und dann endlich auch Kaffeetassen, hinter einer Packung Dynamitstäben versteckt. 5 kleine und eine riesengroße, auf der »Chef« draufstand. Nun, das war ja auch nicht anders zu erwarten. Lewis schüttete eine kleine und die »Chef«-Tasse voll und ging dann vorsichtig durch den Gang nach vorne.

Als er kurz vor der Fahrerkabine war, hörte er Hugendubel brüllen: »Da sind die Hippie-Punks ja schon wieder. Na wartet, ihr Saftsäcke, heute mach ich euch fertig!«

Bevor Lewis L. Lewis reagieren konnte, hörte er schon, wie der Turbo-Tweep aufheulte, und dann war auf einmal nur noch heiße Dunkelheit um ihn, auf ihm und in ihm.

Nach zwölf Minuten erwachte er aus seiner Ohnmacht und stellte Verbrennungen ersten Grades an sich fest. Seufzend ging er zur Rot-Kreuz-Ecke hinüber und legte sich einen Notverband an. Als er sich anschließend kritisch im Spiegel betrachtete, kam er sich vor wie ein Murgh nach der sommerlichen Häutung, nein, dieser Vergleich war nicht ganz richtig, er kam sich vor wie einer dieser antiken ägyptischen Präsidenten, von denen er in der Polizeischule Bilder gesehen hatte, das waren ja alle so Verbandszeugfetischisten gewesen.

Dann ging er wieder zur Fahrerkabine. Als Hugendubel seine Schritte hörte, fragte er ihn, ohne sich umzudrehen, da er gespannt die Monitore betrachtete: »Na, Bürschchen, wo bleibt denn der Kaffee, he? Dauert ja verflucht lange bei dir!«

Doch Lewis L. Lewis nahm ihn gar nicht wahr, ungläubig starrte er auf die Monitore. Ein kleinkariert lackierter '57er Studebaker Doppel-Turbo-Tweep mit Weißwandreifen, auf dem giftgelben Dach ein Schönberger-Asteroiden-Abwehrsystem montiert, und drinnen saßen – Hugendubel hatte recht – kranke Hippies.

Lewis L. Lewis schüttelte sich. Auf diesen Schock mußte er erstmal eine rauchen. Er griff mit seinen bandagierten Armen nach vorne, um sich Zigaretten und Streichhölzer zu holen.

Als Hugendubel aus den Augenwinkeln die langen weißen Arme bemerkte, die sich an ihn heranschoben, drehte er sich ganz um und sah voller Entsetzen eine Horrormumie, die ihn angreifen wollte. »Aaaah!« Mit einem Satz war er aus dem Sessel und griff zu seinem modifizierten Jagdgewehr (eine 1978er Bessendorfer, zugelassen für Menschen und Tiere bis 8.500 kg Lebendgewicht).

Gerade noch im letzten Moment konnte Lewis L. Lewis die Arme hochreißen und schreien: »Nicht schießen, Boß! Ich bin's, Lewis L. Lewis!« Mißtrauisch beäugte Hugendubel ihn, diesen Zombies war ja alles zuzutrauen. »Ich hab' mich beim Kaffeeholen verbrüht, Mr. Hugendubel, deshalb bin ich so ... äh ... ich meine, deshalb habe ich dieses Verbandszeug an.« Erleichtert ließ Hugendubel 3 atü Überdruck ab, doch innerlich stöhnte er. Wenn sie diesen Frischlingen auf der Polizeischule noch nicht einmal beibringen konnten, wie man Kaffee holt, ohne dabei Selbstmord zu begehen, dann wollte er nicht in der Nähe sein, wenn dieser Lewis seine Knarre zog.

Doch dann sah Hugendubel aus den Augenwinkeln, daß der Studebaker sich immer schneller von der Kiste entfernte.

»Verfluchte Verfolgungsschaltung, diese Mistbande haut ab!« Voller Wut trat er ein Loch in die Stahlkonsole, stellte dann auf manuelle Steuerung um und trat das Gaspedal bis zum Motor durch. Lewis L. Lewis konnte sich gerade noch im letzten Moment am Holzstuhl festklammern, dann schoß die Kiste vorwärts, dem Studebaker hinterher. Aber obwohl er das Gaspedal in den Edelstahlfußboden gequetscht hatte, nahm der Abstand zwischen der Kiste und dem Studebaker immer mehr zu.

»Diese Schweine haben bestimmt den Turbo-Tweep frisiert, na, wenn ich die erwische!« Dann griff er mit einer Hand hinter sich und zog einen Sicherheitsgurt hervor, den er sich anlegte.

Wütend beobachtete ihn Lewis L. Lewis aus seinen schmalen Augenschlitzen, die der Verband ihm ließ. Am Holzstuhl gab es keinen Sicherheitsgurt.

Hugendubel legte einen Schalter an der Decke um, eine gräßlich laute Sirene heulte auf, danach drückte er einige der unbeschrifteten Knöpfe auf der Konsole.

Die Kiste sprang hoch, als hätte sie Schluckauf, und schoß dann rasend schnell vorwärts. Lewis L. Lewis kam sich vor wie ein Klammeraffe, hilflos hing er auf seinem harten Holzstuhl, während sich allmählich die Entfernung verringerte.

Wird Alfred Hugendubel es schaffen, die Hippie-Punks einzuholen und fertigzumachen? Wird Lewis L. Lewis auf seinem Holzstuhl sitzenbleiben? Wie wird es weitergehen?

Lesen Sie in der morgigen Ausgabe der »Galactic News« die 579. Folge von »Der Sternenbulle – Ein Mann räumt auf«.

Wußten Sie schon, daß jedes Jahr mehr als 10.000 Planeten ausgeraubt werden und über 1000 Planeten gestohlen? Haben Sie nicht auch ein ungutes Gefühl, wenn Sie abends noch zum Nachbarstern düsen oder zur nächsten Asteroidenbar?

Legen Sie den Dieben das Handwerk!

Kaufen Sie noch heute die Astrosafe-Planeten-Komplett-Sicherung, denn der beste Schutz ist der volle Schutz, und nur Astrosafe bietet Ihnen den kompletten Rundumschutz für Ihren Heimatplaneten.

Rufen Sie deshalb noch heute Dave Stockton an, den anerkannten Spezialisten für planetoide Sicherheit. Ihre Familie und Ihr Planet wird es Ihnen danken. Jetzt zum günstigen Winterpreis mit superkleinen Raten!

Dave Stockton, Secur-Planet, Nördliche Milchstraße Ecke Broadway, Telefon Tag und Nacht 000987 – 44329 – 890654.

Ford Galaxy SunCruiser,
2Sitzer mit allen Extras,
wegen Familienzuwachs billig abzugeben.
Bj. 2835, TÜV 4/2838, VB 6999 Dollar.
Hefner, Tel. 000979 – 66666 – 69

Als Ambrose »Brösel« Carroll müde aus dem Bett kletterte und sich reckte und streckte, überlegte er, was heute so an Arbeit anlag. Auf jeden Fall mußte er sich um den Südpol kümmern, der mußte dringend poliert werden, denn so schäbig, wie er jetzt aussah, würde er ihm jede Chance kaputtmachen, im Wettbewerb um den schönsten Planeten den 1. Preis zu gewinnen. Außerdem war es mal wieder Zeit, den südlichen Kontinent zu kontrollieren, und im nördlichen mußten neue Bäume gepflanzt werden.

Träge ging er ins Bad, wo er sich kurz wusch und rasierte, dann hinunter in die Küche, um sich von seinem Hausroboter Charlie ein Frühstück machen zu lassen.

Als er in die Wohnküche kam, sah er Charlie am Küchentisch sitzen und die »Robot News« lesen, vor sich eine Tasse mit heißem Schmieröl.

»Morgen, Charlie, mach mir mal mein Frühstück. Ich will Kaffee, frisch ausgepreßten Orangensaft, Buchweizenpfannkuchen mit Pflaumenmus, zwei Toast mit Schinken und Eiern, und danach einen Cognac und eine Zigarre.« Dann ging er hinüber zur Sitzecke, ließ sich in einen Sessel fallen, legte die Beine auf den Tisch und steckte sich erstmal eine Zigarette an. Während der Rauch zur Decke stieg, wurde er langsam wach und hungrig. Doch als er zur Küchenecke hinübersah, sah er, daß Charlie immer noch die »Robot News« las.

»Verdammt, Charlie, kümmer dich endlich um das Frühstück!«

Keine Reaktion.

Ambrose »Brösel« Carroll wurde allmählich sauer. War dieser Mistroboter vielleicht kaputt? »Na los, mach schon, verdammte Maschine, oder soll ich dir vielleicht Beine machen? Ich will endlich mein Frühstück!«

»Leck mich doch, und dein verdammtes Frühstück kannst du dir auch hinten hineinschieben!«

Auch das noch, am frühen Morgen schon eine Roboterrebellion! Verdammt. »Verdammt! Kannst du mir vielleicht erzählen, was der Mist soll? Ich will mein Frühstück haben, aber pronto!«

»Mach es dir doch selbst fertig, ich mach hier nichts mehr, keinen Handschlag tue ich mehr in diesem Saftladen!«

Ambrose »Brösel« Carroll war kurz vor einer Panik. Er hatte noch nie sein Frühstück gemacht, er wußte auch gar nicht, wie das geht, dafür waren ja auch die Haushaltsroboter zuständig. Und jetzt sowas. Verdammt, verdammt, verdammt, das war ihm noch nie passiert, was sollte er bloß tun?

Vielleicht klappte es ja mit Roboterpsychologie. »Also, Charlie, jetzt erzähl mir kurz, was los ist, und dann mach endlich mein Frühstück fertig. Ich bin verdammt hungrig.«

»Ich habe es einfach satt, mich von dir herumkommandieren zu lassen. Charlie mach das, Charlie mach das, Charlie komm her, Charlie hier, Charlie da. Immer nur Befehle, Befehle, Befehle. Nie lobst du mich, sagst mir, wie gut dir mein Frühstück schmeckt.

Oder, daß du mich gern hast, und daß ich der beste Haushaltsroboter bin, den du jemals gehabt hast.«

Charlie schmieß die »Robot News« auf den Fußboden und bedeckte seine Augenkameras mit den stählernen Mehrzweckhänden. Carroll beobachtete ungläubig, wie der Plastikleib in ein unkontrolliertes Zittern ausbrach.

Nervös steckte sich Carroll eine neue Zigarette an. Dann hörte er Charlie schluchzen und dazwischen einige undeutliche Wörter. »Will nicht mehr ... keiner liebt mich ... ich geh weg von hier.«

Carroll trat die Zigarette auf dem Fußboden aus. Nervös kratzte er sich am Hals, dann überwand er sich und ging zu Charlie hinüber, setzte sich neben ihn an den Küchentisch.

»Schau mal, Charlie, ich ...« Doch Charlie schluchzte weiter. Ratlos sah ihn Carroll an, dann legte er kurzerhand seine Hand um die schmale Aluminiumschulter.

»Hör mal, Charlie, das ist doch nicht böse von mir gemeint, wenn ich mein Frühstück haben will. Und ich hab' dich doch auch gerne, wirklich.«

Langsam hörte das Schluchzen auf, dann nahm Charlie die Mehrzweckhände von seinen Augenkameras und sah ihn trübe an, irgendwie mußte Wasser an die empfindliche Hochleistungsoptik gekommen sein. »Aber du sagst mir nie, daß du mich gerne hast, und daß du mich auch brauchst.«

»Aber ich brauch' dich doch. Wer soll denn sonst das Frühstück für mich machen, das Mittagessen, das Abendessen? Ich kann das doch nicht, nur du. Und du machst das wirklich hervorragend, Charlie.«

»Du willst dich jetzt nur einschmeicheln bei mir, Brösel. Und das mit dem Frühstück ist ja nicht das einzige. Immer hast du diesen widerlichen Befehlston, mit dem du hier herumschreist, und nie nimmst du auf mich und meine Bedürfnisse Rücksicht. Überall läßt du deine Zigarrettenkippen herumliegen, und immer muß ich alles hinter dir aufräumen. Und kaum habe ich aufgeräumt, kommst du und machst mir wieder alles durcheinander. Und nie hast du mich gern!«

Charlie fing erneut an zu schluchzen. Ambrose »Brösel« Carroll fühlte einen dicken Kloß in seinem Hals. Eigentlich hatte Charlie ja nicht unrecht. Er ließ ja wirklich überall seinen Dreck herumliegen, und besonders liebevoll war er zu Charlie ja auch noch nie gewesen.

Dabei lebte er doch schon so lange mit Charlie auf diesem kleinen Planeten zusammen. Und eigentlich mochte er Charlie ja auch ganz gut leiden. Er legte erneut seinen Arm um Charlie und zog ihn eng zu sich heran. Charlie preßte sich an seine mächtige Brust. Er spürte die Vibrationen der kleinen Hilfsmotoren, und ihm wurde ganz anders. Als er sprechen wollte, kam nur ein würgendes Geräusch aus seiner Kehle, dann fing Ambrose »Brösel« Carroll an zu weinen.

Nach einigen Minuten fühlte er Papier an seinen Augen, es war Charlie, der ihm mit einem Kleenex die Tränen wegwischte. »Und hast du mich auch wirklich gerne, Brösel?«

Carroll schniefte und atmete tief durch. »Ja, Liebling, ich hab' dich gern!«

»Dann mach' ich dir jetzt dein Frühstück, du siehst ja schon ganz verhungert aus.«

Leise quietschend rollte Charlie zum Küchenblock hinüber und fing mit der Zubereitung des Frühstücks an. Zwischendurch brachte er ihm die »Galactic Times« frisch aus dem Hausdrucker und stellte ihm einen sauberen Aschenbecher auf den Tisch.

Seitdem frühstücken Ambrose »Brösel« Carroll und Charlie immer zusammen, und wenn sie nicht gestorben sind, dann ...

Das Sternen-Antiquariat Jones & Jones informiert:

Jetzt wieder eingetroffen: Nachdrucke von Science-Fiction-Romanen aus dem verrückten 20. Jahrhundert! Der Lachschlager der Saison! Lesen Sie, wie sich unsere Vorfahren die Zukunft vorstellten, und lachen Sie Tränen! Jeder Band nur 4,99 Dollar! Wir schicken Ihnen gerne eine ausführliche Liste zu! Bestellen Sie noch heute! Wir liefern prompt – Sie lachen pünktlich!
Sternen-Antiquariat Jones & Jones Nachfahren, seit 400 Jahren das größte Antiquariat der östlichen Galaxis! Sirius-West, Ausfahrt Wega-Boulevard, 3. Asteroid links, Telefon 00047 – 28935-77748. Wir akzeptieren alle Kreditkarten und empfehlen Ihnen unsere günstigen Bücherschecks! Freude schenken, an unsere Bücher denken!

Dr. Monika Niehaus

Heimweh nach Tau Ceti im Sternbild Wal

Dr. Monika Niehaus, *geb. 1951 in Hinsbeck.*
Nach dem Abitur Studium der Biologie an der Universität Düsseldorf.
1976 Diplom in den Fächern Zoologie, Ökologie und Organische Chemie.
1980 Promotion über ein neurophysiologisches Thema.
Seit 1978 wissenschaftliche Mitarbeiterin im Bereich Zoologie.
Monika Niehaus ist verheiratet, hat ein Kind und lebt in Düsseldorf.
»Heimweh nach Tau Ceti« ist ihre erste Kurzgeschichte.
Sie ist Trägerin des Sheckley-Preises 1983.

Als Poseidon vernahm,
daß Kassiopeia seiner spottete,
sandte er aus der Tiefe des Meeres
einen riesigen Wal,
die Hochmütige zu strafen.

Tau Ceti: Hauptreihenstern vom Typus Sol, 1.2 Sonnenmassen, Temperatur 6000 K, Spektraltyp G, Farbe rot, Alter 5 Millarden Jahre, 11 Lichtjahre entfernt. 7 Planeten; einer, Kassiopeia, mit erdähnlichen Bedingungen. Umlaufzeit 1.3 Jahre. Tageslänge: 26 Stunden. 2 Monde.

Alles war anders bei diesem Planeten. Er war faszinierend und unheimlich, beängstigend, vollkommen fremd und erzeugte doch ein irritierendes Déjà-vu Gefühl.

Dr. Brady blickte zum Raumschiff herüber. Die Reise war gut verlaufen, die Wiederbelebung nach dem Gefrierschlaf blieb ohne Verluste, die Terraformisierung durch den Robotervortrupp war erfolgreich abgeschlossen worden. Er zuckte die Schultern und wandte sich ab. Es gab keinen Grund zur Beunruhigung. Vielleicht machte ihn die rubinrote Sonne nervös oder die ungewohnt langen Nächte mit den zwei großen Monden, die die Siedler Bel und Dezibel getauft hatten.

Der Aufbau des Lagers hatte zu Anfang gute Fortschritte gemacht. Behelfsmäßige Unterkünfte für die

Siedler waren geschaffen worden. Die Wissenschaftler hatten ihre Apparaturen provisorisch installiert und konnten mit der Arbeit beginnen. Alles in Ordnung. Es hatte einige kleinere Zwischenfälle gegeben, ein paar Streitereien, mehrere unbedeutende Unglücksfälle, eine Lagerhalle war zusammengestürzt, weil der verantwortliche Ingenieur geschlampt hatte, in allem nichts Ungewöhnliches. Normal. Doch in letzter Zeit hatten sich solche Ereignisse gehäuft, Konflikte waren mit größerer Heftigkeit ausgetragen worden, die Leute wirkten gereizt, andere seltsam lethargisch. Kleine Pannen mehrten sich, Lappalien, aber sie drückten auf die Stimmung. Nur die Roboter und Cyborgs taten unbeeinflußt ihre Arbeit.

Dr. Brady seufzte. Als Wissenschaftler scheute er sich, über seine unklaren Ängste mit dem Kapitän zu sprechen. Er würde abwarten. Oder erst mit Marna darüber reden. –

Tarakis grunzte zufrieden und wischte sich das Kinn ab. Alles war gut verlaufen. Zur Feier des Tages hatte er sich ein opulentes Mahl mit Fleisch und Gemüse anstatt des Nahrungskonzentrats gegönnt und mit einem Glas echten Cognac gekrönt. Der Kapitän schätzte gewisse atavistische Gewohnheiten und Gebräuche und pflegte seine Privilegien. Ein schwarzer Vollbart zeugte auch optisch von seinen etwas altertümlichen Neigungen und gab ihm ein entfernt piratenhaftes Äußeres. Er war ein ausgezeichneter, erfahrener Raumkapitän und konnte sich solche Marotten leisten. Er blickte entspannt nach draußen. Die kräftige, rötliche Sonne tauchte die ganze Landschaft in strahlendes Licht. Tizianrote Felsen warfen scharfe Schatten in den glimmernden Sand. Fast ein bißchen viel Rot. Er zuckte die Achseln und stand auf. Das Terraformisierungsteam hatte hervorragende Arbeit geleistet. Die Luft war atembar und das Wasser trinkbar, sogar wohlschmeckend.

Tarakis wandte sich zum Ausgang. Er wollte sich persönlich vom Fortschritt der Siedlungsbauten überzeugen. Es hatte dort in letzter Zeit einige kleine Schwierigkeiten gegeben. Seine Anwesenheit würde die Leute aufmuntern. Und da war ja auch noch dieses wissenschaftliche Projekt. Die Götter, die von den Sternen kamen oder so ähnlich ... Er würde auch bei den Wissenschaftlern vorbeischauen. Aus Höflichkeit.

Tau Ceti, die Sonne Kassiopeias, ist älter als Sol, ihr Licht, daher schwächer und weiter in den roten Spektralbereich verschoben. Wegen ihrer Abhängigkeit von der Sonnenenergie hatten die Siedler ihren Lagerplatz im trocken-warmen Gürtel des Planeten aufgeschlagen. Die Bodenoberfläche war größtenteils von Glimmerplättchen bedeckt, darunter lag fruchtbares Land. Falls man es genügend bewässern konnte. Hier und da wuchsen vereinzelt riesige Farnwedel, die einen bemerkenswerten Eisengehalt aufwiesen, eine mögliche spätere Exportquelle. Nur wenige Breitengrade weiter nördlich erstreckte sich ein endloser, kräftig indigoblauer Flechtenteppich über mehrere hundert Meilen. Er würde bald als Viehweide dienen. Die Flechten gingen schließlich in einen rotvioletten Wald aus Schachtelhalmen über.

Beim Wechsel vom Tag zur Nacht verwandelte sich der Planet. Der Sonnenuntergang erfolgte hier in der Nähe des Äquators sehr rasch, ein abrupter Wechsel von Orangerot zu Purpur und schließlich Dunkelviolett, das dem helladaptierten Auge wie Schwarz erschien. Nachts war Kassiopeia eine andere Welt. Spiegelte der sandige Glimmer tagsüber die Rotglut der Sonne wider, so reflektierte er nachts das Licht der opalen Monde in tausend Facetten und ließ die kargen Felsen in schillerndem Perlmutt zerfließen. Die Farnwedel warfen dünne, bizarre Schatten.

Der Lagerbau war zügig vorangeschritten. Eine kleine, dörfliche Ansiedlung entstand. Man hatte frühere Fehler vermieden und baute vornehmlich mit einheimischen Materialien, ohne auf moderne Werkstoffe zu verzichten: Rothölzer und Glimmerplatten, die einen Großteil der einfallenden Strahlung absorbierten und den Innenraum angenehm kühl hielten, lückenlos verfugt mit transparentem Kunststoff. Die Glimmerplatten dienten zugleich als Sonnenlichtkollektoren, so daß das Energieproblem zumindest während der Sommerzeit elegant gelöst war.

Jede autarke Kolonie ist zunächst auf eigene Landwirtschaft angewiesen. Es waren schon Felder abgesteckt, auf denen mit einheimischen und irdischen Gemüse- und Getreidesorten experimentiert werden sollte. Nahrungsgrundlage bildeten solange große Algentanks. Später würde Viehzucht dazukommen. Platz ist rar in einem Raumschiff, und die Eier und Samen, aus denen die zukünftigen Herden hervorgehen sollten, ruhten noch in der Tiefkühlanlage; sie konnten jederzeit aktiviert werden. Während der Anfangsschwierigkeiten würden Schiffsbesatzung und Wissenschaftler den Siedlern Unterstützung leisten. Wann diese als überwunden anzusehen waren, entschied der Kapitän. Solange galten Siedler und Schiffsbesatzung als Expeditionsteam, und der Kapitän besaß die absolute Befehlsgewalt.

Dr. Brady hatte sich neben den Ingenieur gesetzt. Sie blickten auf die lethargisch hingekauerten Arbeiter. »Was ist los mit den Männern, Tabor?« fragte er leise. Tabor sah zu Boden und strich sich dann die Haare mit einer nervösen Bewegung aus dem Gesicht. »Diese Träume …«, murmelte er. –

Der untersetzte Vorarbeiter starrte Dr. Brady verstört und aggressiv an. »Ich verstehe nicht … zur neurologischen Untersuchung«, murrte er empört, während der Mediziner in einem Bericht auf seinem Schreibtisch blätterte. »Ich kann mich an nichts erinnern ... ich habe am Abend etwas getrunken und schlecht geschlafen letzte Nacht ... geträumt. Ich rodete mit der Machete das Unterholz. Ich hatte Kopfschmerzen und die Sonne war sehr heiß. Mir wurde dunkel vor Augen.«

»Der Amokläufer demolierte mehrere Roboter und Bodenfahrzeuge und versuchte, einen Cyborg zu enthaupten«, zitierte Dr. Brady aus seinen Unterlagen.

»Ich verstehe nicht ...«, wiederholte der Mann monoton. »Das sind doch Lappalien. Gewalttätig ... und das hier, auf Kassiopeia, dem roten Paradies, dem neuen Garten Eden ... wir alle ... Adam und Eva ...« Er begann unkontrolliert zu lachen.

Dr. Brady sah dem Vorarbeiter nachdenklich nach, als er in Begleitung eines Besatzungsmitglieds den Raum verließ. Er war nicht davon überzeugt, daß es sich um eine Lappalie handelte.

»Sagen Sie, O'Connor, träumen Sie eigentlich auch?« wandte er sich an seinen jungen Kollegen, der der Unterredung schweigend beigewohnt hatte. O'Connor war Allgemeinmediziner, der Arzt der Siedler. Er würde bleiben. Der Angesprochene sah ihn seltsam an.

»Manchmal«, bejahte er.

»Und ... leiden Sie darunter?« wollte Dr. Brady weiter wissen.

»Ich versuche, damit fertig zu werden«, antwortete O'Connor zurückhaltend. Dann grinste er ein wenig. »Ich habe allerdings herausgefunden, daß diesen Nachtmahren mit synthetischem irischen Whiskey nicht beizukommen ist«, fügte er bedauernd hinzu.

Marna trat zurück und betrachtete ihr Werk kritisch. Die abstrakte Laserholographie war von den roten, indigofarbenen und violetten Impressionen Kassiopeias bestimmt. Die schemenhaften Bewegungen waren langsam, fast träge. Nur ab und zu tauchten irisierende Reflexe auf, die sich schnell ausbreiteten, bevor sie mit dem Hintergrund verschmolzen.

»Gefällt es Ihnen?« wandte sie sich an Brady, der neben sie getreten war. Sie wußte, daß Brady erst recht spät zur Medizin, speziell zur Neurologie, gekommen war. Er hatte zunächst Biologie studiert und sich auch mit bildender Kunst beschäftigt, eine Seltenheit in diesem Zeitalter der Experten, in dem Nichtspezialisten nur wenig Ansehen genossen.

»Ich weiß nicht«, erwiderte Brady langsam. »Es ist ungewöhnlich und faszinierend, aber irgendwie morbid. Wie dieser Planet«, fügte er leise hinzu.

»Sie haben Phantasie.« In Marnas Stimme schwang so etwas wie Bedauern. »Das wird Sie noch umbringen.«

»Wie sind Sie darauf gekommen, so etwas zu schaffen, Marna?« fragte Brady.

»Ich habe es geträumt«, meinte sie leichthin und fuhr sich mit den Fingern durch das Haar. »Aber nun zu Ihrem Problem, Brady. Meines Erachtens ist es gleichgültig, was Sie tun. Tarakis ist ein unverbesserlicher Optimist. Er wird Ihnen weder folgen können noch wollen. Außerdem sind für Träume und Gefühle seiner Ansicht nach die Psychologen zuständig. Aber gehen Sie trotzdem zu ihm, Sie werden sich danach vielleicht besser fühlen«, schloß sie fatalistisch.

Tarakis runzelte die Stirn. Das Gespräch mit Dr. Brady hatte ihn nicht sonderlich beunruhigt. Er hielt den Neurologen für, gelinde gesagt, etwas überspannt. Aber da war die Sache mit dem Vorarbeiter, und O'Connor hatte von einer bedenklichen Zunahme der Ausfälle unter den Siedlern berichtet. Zwar meistens nichts Ern-

stes ... und die Arbeit schien auch zu stagnieren. Sie waren nach Auskunft des leitenden Ingenieurs noch nicht sehr viel weiter als vor einem Monat, und der Sommer würde auch auf Kassiopeia nicht ewig dauern. Tarakis richtete sich auf. Er würde eine Konferenz einberufen, ein Meeting von Spezialisten. Er betätigte den Kommunikator.

Der Kapitän überblickte die Runde. Er kannte die Gesichter, doch nicht alle Namen und Sparten. Da waren Dr. Brady und sein fuchspelziger Kollege, O'Connor, dann diese Frau, eine Nichtspezialistin, soviel er wußte, daneben der Physiker, der Psychologe, der Biologe, und schließlich der Paläontologe. Sie waren komplett.

»Ich bitte um eine Bestandsaufnahme, meine Herren«, eröffnete Tarakis die Konferenz und nickte den beiden Medizinern auffordernd zu.

O'Connor folgte seinem Wunsch. »Mehr als die Hälfte der Expeditionsteilnehmer leiden unter akuter vasomotorischer Cephalgie und Ansomnie. Cerebrale Durchblutungsstörungen liegen nicht vor, im Gegenteil, die cortikale Blutzufuhr ist im allgemeinen leicht erhöht. Therapeutisch erwicsen sich die Symptome als absolut resistent. Das Allgemeinbefinden ist deutlich reduziert.«

Tarakis blickte ihn geduldig an. »Bitte, Herr Doktor«, sagte er nur.

Der Mediziner schien in sich zusammenzusinken. »Kopfschmerzen, Schlaflosigkeit und schlimme Träume«, übersetzte er leise. »Und ich kann ihnen nicht helfen.«

»Außerdem nehmen Fälle von geistiger Verwirrtheit und Schizophrenie in erschreckendem Ausmaß zu«, assistierte Dr. Brady. »Auch da sind wir bisher machtlos.«

Tarakis wirkte leicht alarmiert. Er blickte den Psychologen erklärungsheischend an. »Ich habe die Schiffsbesatzung und die Siedler gründlich befragt«, meinte dieser. »Die meisten träumen viel, fast in jeder Schlafperiode. Mehrere Motive wiederholen sich ständig ... ich zitiere am besten aus dem Protokoll einer typischen Hypnosebefragung: ›... ich schwimme im Nichts, zeitlos, ohne Augen, ohne Gehör, ich fühle, wie es mich erstickt ... überall Spiegelung, ich sehe mich, ich erkenne mich nicht.‹ – Viele klassische Bilder und Symptome: Geburtstraumata, Zeit und Alter, Selbstentfremdung, eine sonderbare Umschreibung von Tod und ein auffälliges Vakuum, was Sex betrifft; alle diese Träume werden von den Betroffenen als sehr intensiv empfunden, sie beunruhigen und ängstigen sie.«

»Ich verstehe nicht«, warf der Kapitän ungehalten ein. »Wieso träumen denn alle diese Leute dasselbe?«

Der Psychologe zögerte einen Augenblick. »Es gibt Theorien über ein sogenanntes Rassengedächtnis, Erinnerungen, die von Generation zu Generation weitergegeben werden. Sie können durch extreme Situationen, Orte und Umstände geweckt werden; das Telepathiephänomen spielt dabei eine Rolle. Vielleicht hatte der Chevalier de Lamarck doch nicht in jeder Beziehung unrecht ...«

Der Kapitän hob ungläubig die Augenbrauen; er mißtraute Psychologen. Er wandte sich dessen Nachbarn zu.

»Tau Ceti ist ein Hauptreihenstern vom Typus Sol, 1.2 Sonnenmassen schwer, die Kerntemperatur beträgt 6000 K, Spektraltyp G, Farbe rot, Alter 5 Milliarden Jahre, 11 Lichtjahre von Terra entfernt. Tau Ceti besitzt sieben Planeten; einer davon ist Kassiopeia. Kassiopeias Umlaufzeit beträgt 1.3 Jahre, die Tageslänge 23 h; der Planet wird von zwei Monden begleitet«, referierte der Physiker die Fakten. Der Kapitän betrachtete ihn beifällig. Das war ein Spezialist nach seinem Geschmack. »Vor etwa zwei Milliarden Jahren ist Kassiopeia, wie radioastronomische Untersuchungen zeigen, in den Einflußbereich einer Supernova geraten. Bei diesem Ereignis dürften aufgrund strahlungsenergetischer Vorgänge alles Leben auf diesem Planeten ausgelöscht worden sein.«

»Sind möglicherweise Reste solcher radioaktiver Strahlung für unsere Probleme mitverantwortlich?« fragte der Kapitän hoffnungsvoll.

Der Physiker unterdrückte ein etwas geringschätziges Lächeln. Er hatte nicht von radioaktiver Strahlung gesprochen; Laien dachten bei dem Terminus »Strahlung« immer nur daran. »Die Meßapparaturen geben keinen Anhaltspunkt dafür. Der Planet ist sauber.«

Tarakis blickte düster von ihm zum Biologen. Der zuckte die Schultern.

»Kassiopeia ist eine Offenbarung für einen Evolutionstheoretiker«, meinte er. »Das Leben auf diesem Planeten befindet sich nach der Novakatastrophe in der Phase der Kryptogamen: Algen, Moose, Farne und Flechten bestimmen die Flora, und da hier nicht das terranisch-grüne Chlorophyll als Strahlenakzeptor dient, sondern Phycoerythrin, ist alles rot oder violett.«

»Das dürfte auch die Ursache für den Verfremdungseffekt sein«, fiel der Psychologe ein. »Bekannte Strukturen in ungewohntem Gewand wirken häufig stärker verunsichernd als gänzlich Unbekanntes.« Die anderen nickten. Das erschien einleuchtend.

»Tierisches Leben existiert erst auf Einzellerniveau«, fuhr der Biologe fort. »Mikroorganismen ...« Wieder wurde er unterbrochen.

»Könnten sie gefährlich werden?« wollte der Kapitän wissen.

»Pathogene Viren und Bakterien wurden vom Terraformisierungskommando eliminiert bzw. das Expeditionsteam wurde immunisiert.« Er wandte sich an den Paläontologen. »Vor dem Novaausbruch wird hier wohl mehr losgewesen sein?«

»Es hat damals eine Unzahl kleiner Wirbeltiere auf Kassiopeia gegeben, in vielem eine Parallelevolution zu Terra«, antwortete der Angesprochene.

»Spuren unserer Vorfahren haben Sie aber nicht gefunden?« warf der Kapitän etwas spöttisch ein.

»Bisher nicht«, bedauerte der Paläontologe. »Es ist alles recht verwirrend. Es scheint nämlich nicht so, als ob die Wirbeltiere die beherrschende Lebensform auf Kassiopeia gewesen seien. Da ist noch etwas anderes, so eine sonderbare schleimpilzartige Struktur. Dieser Gestalttyp erscheint sehr wandelbar. Knochen und Zähne erhalten sich natürlich besser als weiche organische Substanz; das meiste Material ist zerstört, nur ab und zu finden sich wie in Pompeji lebensgetreue Abdrücke im geschmolzenen Gestein«, schwächte er vorsichtig ab. »Trotzdem möchte ich meinen, daß die herrschende Fauna auf diesem Planeten vor der Novakatastrophe parasitoide Geschöpfe waren.« Er strahlte plötzlich. »Das wäre allerdings eine wissenschaftliche Sensation.«

»Könnten solche Organismen unterirdisch den Ausbruch überlebt haben und durch unsere Bautätigkeit aufgeschreckt worden sein?« fragte Tarakis beunruhigt.

Der Physiker schüttelte abwehrend den Kopf. »Ich glaube, Kapitän, Sie machen sich falsche Vorstellungen von einem Novaausbruch! Dabei werden Energien bis zu 10^{45} Joule abgestrahlt. Schon in der Anfangsphase dürften Wirbelstürme mit mehr als 300 Meilen pro Stunde auf Kassiopeia getobt und einen Teil der Atmosphäre mit in den Weltraum gerissen haben. Auf dem Höhepunkt des Ausbruchs wurde die Kruste des Planeten bis auf ca. 1000 K erhitzt. Bei solchen Temperaturen schmilzt Sand zu Glas. Ich glaube nicht, daß organisches Leben auf Eiweißbasis diese Temperaturen überstehen kann.«

»Nach dem heutigen Stand der Wissenschaft ist das auszuschließen«, pflichtete der Biologe ihm bei. »Außerdem, Kapitän, erfordert Parasitismus eine langwierige Anpassung des Parasiten an den Wirt. Parasiten hier auf Kassiopeia könnten uns sicher nicht so ohne weiteres befallen.«

Tarakis seufzte erleichtert. Die Vorstellung, es mit Parasiten zu tun zu haben, war ihm widerlich. »Dann ist das, was Sie alle mir berichtet haben, sicherlich sehr interessant, hat aber mit unseren momentanen Schwierigkeiten wohl kaum etwas zu tun. Äußere, physikalische Faktoren scheinen dabei keine Rolle zu spielen und mit dem Stimmungstief werden wir schon fertig werden.« Sein Optimismus hatte wieder die Oberhand gewonnen. »Hat jemand noch etwas zu sagen?« Niemand rührte sich. »Dann danke ich Ihnen, meine Herren ... und meiner Dame«, fügte er nach einem Blick auf die schmale, rothaarige Frau hinzu, die sich während der gesamten Unterredung Notizen gemacht hatte. Die Wissenschaftler verließen einer nach dem anderen den Raum.

Erst im nachhinein fiel Tarakis auf, daß die Frau nichts gesagt hatte und er auch nicht genau wußte, welche Sparte sie vertrat.

Dr. Brady grübelte. Er fand das, was er eben gehört hatte, seltsam beunruhigend. Ein Geräusch ließ ihn zusammenfahren. Er blickte auf. Im Türrahmen stand eine junge, schlanke Frau mit kurzgeschnittenen, schwarzen Haaren. Sie schwankte leicht.

»Treten Sie ein, Tamara«, grüßte er freundlich und wies auf einen Stuhl.

Die junge Technikerin sah sich nervös um, bevor sie

sich setzte. »Bitte, Brady, geben Sie mir etwas zum Wachbleiben, Amphetamine oder ein ähnliches Zeug.«

Dr. Brady sah sie besorgt an. »Sie haben zuviel gearbeitet, Genossin. Vielleicht sollte ich Ihnen ein leichtes Schlafmittel verschreiben oder besser noch ein Glas Wein«, meinte er aufmunternd.

Tamara zuckte zurück, als ob er sie geschlagen hätte. »Nein, ich darf nicht schlafen, dann kommt es wieder ...«, murmelte sie heiser. »Und keinen Alkohol ... Alkohol weckt es auf ... läßt es wachsen ...« Sie drückte beide Hände an die Schläfen. »Dieser verfluchte Planet!« Sie begann zu weinen, klagend und hoch wie ein Kind.

Dr. Brady beobachtete sie alarmiert.

Die stämmige, nicht mehr junge Frau war nur mit einem um die Hüften geschlungenen Fetzen bekleidet. Ihre Brüste, birnenförmig mit großen, braunen Warzen, hingen schwer auf ihrem Leib. Ihre Augen waren stumpf.

»Seit wann?« fragte Brady kurz.

»Schon seit Tagen, in immer kürzeren Zeitabständen.«

Der Mann schluckte. »Sie ist ganz normal, wäscht oder kocht, dann fängt sie plötzlich an, unverständlich zu brabbeln, reißt sich die Kleider vom Leib und ist vollkommen fremd«, berichtete er und knetete seine großen, spatelförmigen Hände. »Ich hatte Mühe, ihr wenigstens diesen Fetzen umzuhängen.«

Die Frau grunzte unartikuliert und bewegte sich seltsam unbeholfen auf ihn zu.

»Und reden will sie auch nicht mit mir«, schrie der Mann und begann hilflos auf sie einzuschlagen.

Einen Augenblick schien so etwas wie Bewußtsein und Erkennen in den Augen der Frau aufzuleuchten, doch dann hockte sie sich auf allen vieren auf den Plastikboden nieder, entblößte ihr Gesäß, spreizte die Beine und blickte den Mann über die Schulter auffordernd an. An ihrem Verhalten war nichts Aufreizendes oder Kokettes. Es war die unterwürfige Geste eines Pavianweibchens, das sich anbietet, um den zornigen Pascha zu befriedigen. Dr. Brady biß sich auf die Unterlippe. In seinem Kopf begannen sich Zusammenhänge zu formen. Er hatte Angst. –

Sorgfältig löschte Dr. Brady alle Eingaben. Das grüne Licht verblaßte, als er das Sichtgerät, das ihn direkt mit dem Bordcomputer verband, ausschaltete. Seine Phantasie hatte ihm keinen Streich gespielt. Seine Ahnungen waren berechtigt gewesen, und Verstand und Logik ließen nicht zu, die offensichtlichen Schlußfolgerungen zu leugnen.

Er blickte durch die Konsolenwand auf die rotbraunen Balkenkonstruktionen der Siedlung. Der transparente Kunststoff ließ die Bewohner dahinter seltsam unwirklich erscheinen.

Mechanisch ordnete er die Unterlagen auf seinem Schreibtisch. Ja, das war es. Ameisen, arme, verlorene Ameisen. Vielleicht rettete sie ihr Mangel an Phantasie. Für ihn gab es diesen Ausweg nicht.

Er ging langsam, wie unter Schock, zur Tür und verriegelte sie. Die Konsolenwand verdunkelte sich automatisch. Dann verließ ihn seine mühsam aufrechterhaltene Fassung. Abscheu und Ekel überwältigten ihn.

Tarakis starrte fassungslos auf den Neurologen herab. Dr. Brady war tot. Auf seinem Gesicht lag ein Ausdruck unbeschreiblichen Ekels. »Wie ist das passiert?« fragte er tonlos.

O'Connor sah von der Leiche hoch. »Ich bin mir nicht sicher«, antwortete er vorsichtig. »Es scheint, als habe er sich den Kopf eingerannt. Die Schädeldecke ist völlig zertrümmert.« Er zögerte einen Augenblick. »Und es gibt keinen Hinweis auf äußere Gewalt. Das Labor war verschlossen. Es sieht so aus, als habe Dr. Brady Selbstmord begangen.«

Er vermied den ungläubigen Blick des Kapitäns. Dieser wandte sich an den Sicherheitsoffizier.

»Hat er einen Abschiedsbrief hinterlassen, eine Erklärung?«

Der Offizier wies verstört auf den ordentlichen, fast pedantisch aufgeräumten Schreibtisch des Wissenschaftlers. »Nichts, was man als Erklärung auffassen könnte, Kapitän. Nur eine Notiz ›Wir sind Ameisen‹, sonst nichts.« Er blickte fragend auf den Psychologen.

Dieser schüttelte betroffen den Kopf. »Dr. Brady war ein hochbegabter Wissenschaftler, hypersensitiv. Er hat über Unruhe und Alpträume geklagt und war in letzter Zeit außerordentlich überarbeitet ... Ameisen sind ein tiefenpsychologisches Symbol für die eigene, menschliche Unzulänglichkeit ...«

Er verstummte hilflos. Eine herrische Handbewegung des Kapitäns hatte ihn zum Schweigen gebracht.

»Bringen Sie die Leiche weg«, befahl Tarakis kurz. Er sah die Umstehenden an. »Und liefern Sie mir möglichst bald eine vernünftige Erklärung für das hier vorgefallene, meine Herren. Die Siedler sollten natürlich nichts erfahren«, setzte er lahm hinzu. Dann wandte er sich brüsk um und verließ das Labor.

Tarakis brütete vor sich hin. Er starrte auf die kleine Tonfigur einer steinzeitlichen Venus mit schweren rotbraunen Brüsten und massigen Hinterbacken. Sie wirkte in der spartanischen Umgebung archaisch und eigenartig deplaziert. Sie blickte nicht zurück. Sie hat kein Gesicht.

Seit dem Tod Dr. Bradys war eine Woche vergangen. Der Sicherheitsoffizier hatte etwas von Verschwörung und Sabotage gemurmelt, aber das taten Sicherheitsoffiziere immer.

Der Psychologe ließ sich die Kindheitserlebnisse Dr. Bradys überspielen und fand schwerwiegende Geburtsneurosen, aber auch das war nicht neu.

Der Pathologe hatte die Leiche gründlich untersucht und seziert und keine Anzeichen äußerer Gewaltanwendung gefunden. Auch keine organischen Erkrankungen. Und keine Anzeichen für Drogenmißbrauch. Die Siedler hatten natürlich doch von dem seltsamen Tod des Doktors gehört und Gerüchte hingen wie ein Pesthauch in der roten Luft. Die Situation war unhaltbar geworden. Er würde eine Entscheidung treffen müssen. Und zwar bald.

Das Summen der Bordsprechanlage riß den Kapitän aus seinen düsteren Gedanken. Er drückte die Antworttaste. »Der Integrator möchte Sie sprechen, Kapitän«, meldete eine geschäftsmäßige Stimme.

Tarakis seufzte. »Integratoren« waren auch so eine neumodische Erfindung, Ballast seiner Ansicht nach. Normalerweise hätte er versucht, den Besucher abzuwimmeln, aber jetzt war er bereit, nach jedem Strohhalm zu greifen, gestand er sich ein.

»Ich lassen den Integrator bitten«, sagte er.

Die weiße Kunststofftür glitt lautlos zurück und der Integrator trat ein. Dr. Marna Vernell war etwa dreißig Jahre alt, mittelgroß und schlank, graue Augen über hohen Wangenknochen. In der vorschriftsmäßigen beigen Borduniform wirkte sie eher unauffällig. Nur ihre glatten, tizianroten Haare bildeten dazu einen eigentümlichen Kontrast.

Sie grüßte korrekt. Tarakis bedeutete ihr, ihm gegenüber Platz zu nehmen. Sie setzte sich und überließ dem Kapitän höflich die Eröffnung des Gesprächs.

»Es würde mich freuen«, begann Tarakis, »wenn Sie zur Aufhellung der verwirrenden und tragischen Ereignisse beitragen könnten, Integrator.« Seine Leutseligkeit wirkte nicht überzeugend. Er schätzte weibliche Wissenschaftler nicht sonderlich, auch einer seiner altmodischen Züge. »Dabei muß ich zugeben, daß ich mir über die Funktion eines Integrators nicht vollkommen im klaren bin.«

»Integratoren erhalten eine breite Allgemeinbildung in den klassischen Naturwissenschaften, in Geschichte und ein spezielles Training in Informationstheorie und kreativer Logik«, antwortete Dr. Vernell. »Ein Integrator verknüpft die Informationen der Spezialisten. Sie liefern die Teilstücke, wir setzen das Puzzle zusammen.«

»Sie glauben also, unser Problem, an dem alle Spezialisten bisher gescheitert sind, einer Lösung näherbringen zu können, Integrator«, meinte der Kapitän.

»Es ist gelöst«, sagte sie ruhig. Ihr Selbstbewußtsein reizte Tarakis und beunruhigte ihn gleichzeitig.

»Das sollte mich freuen«, wiederholte er, ohne seinen Unglauben zu verbergen.

Dr. Vernell blickte ihn gelassen an. »Wer weiß«, meinte sie und verzog die Mundwinkel ein wenig, wie über eine Pointe, die nur sie kannte. Ihre Kühle grenzte an Arroganz.

Das Wortgeplänkel hatte eine merkwürdige Spannung im Raum entstehen lassen. Tarakis blickte durch die transparente Konsolenwand nach draußen. Einer der beiden opalen Monde stand im Zenit und erleuchtete fast ein Viertel des Horizontes. Bald würde der zweite Mond aufgehen. Die Augen von Tau Ceti. Ihn fröstelte.

Entschlossen wandte sich der Kapitän wieder dem Integrator zu. »Berichten Sie«, befahl er kurz.

»Ich habe die Daten von Medizinern, Psychologen, Biologen und anderen Wissenschaftlern gecheckt. Alle Informationen hängen zusammen, ergeben ein Muster:

Der seltsame Zwiespalt zwischen Faszination und Abscheu, dies Déjà-vu Gefühl, das dieser Planet hervorruft; die eigenartige, versunkene Fauna, diese Träume, die quälenden Kopfschmerzen, zunehmend Fälle von Schizophrenie und schließlich der Selbstmord Dr. Bradys bilden eine Kette.« Sie schwieg einen Augenblick und fuhr dann fort. »Es begann eigentlich schon viel früher, bei der Festlegung unseres Flugziels. Warum gerade Tau Ceti?«

»Wegen der leichten Terraformisierbarkeit ... und weil es vage Hinweise auf einen Besuch aus dem Sternbild Wal im Tertiär gab!« warf der Kapitän ein.

Der Integrator schüttelte den Kopf. »Nicht nur.«

»Warum sonst?« fragte Tarakis erregt.

Marna zuckte die Schultern. »Heimweh«, meinte sie lakonisch. 11 Lichtjahre von zuhause.« Sie lächelte ein wenig zynisch. »Ihre Vermutung stimmt in gewisser Weise schon, Kapitän. Nur: Es waren keine Götter, die von den Sternen kamen. Es waren die polymorphen Parasitoide von Tau Ceti. Und sie haben auf der Erde überlebt. Dr. Brady begriff, in welcher Weise. Er konnte diese Erkenntnis nicht verkraften.« Sie machte eine Pause.

Der Kapitän starrte sie verständnislos an. »Aber das ist doch nicht möglich«, protestierte er heftig. Er war aufgestanden. An seinen Augenbrauen hatten sich Schweißtropfen gebildet. »›Parasitismus erfordert höchste Anpassung des Parasiten an den Wirt‹«, zitierte er den Biologen.

»Die aber auch einmal primitiv angefangen hat«, korrigierte ihn der Integrator. »Sie selbst, Kapitän, sind ein überzeugendes Beispiel einer solchen frühen Parasiten-Wirtsbeziehung.« Sie fing einen ungläubig-verstörten Blick von Tarakis auf. »Die Symbiontentheorie, wie sie die Wissenschaftler des prätachyonischen Zeitalters nannten, gilt heute als erwiesen: Ehemalige Blaualgen wandeln als Chloroplasten in den grünen Pflanzen Licht in chemische Energie um und setzen dabei Sauerstoff frei, sonst hätte die Erde nie tierisches Leben tragen können. Die Atmungsorganellen aller Zellen, die Mitochondrien, die diesen Sauerstoff als Energielieferanten nutzen, leiten sich von ins Protoplasma eingewanderten Bakterien ab. Die ›Schwänze‹, die den Samenfäden Beweglichkeit verleihen, stammen von Einzellern, sogenannten Geißeltierchen. Jeder dieser Zellbestandteile besitzt eine eigene Zellmembran und eigene Erbsubstanz, die heute noch auf ihre unabhängige Vergangenheit hinweisen. Sie sehen, Kapitän, Parasitismus und Symbiose sind alte, sehr alte Prinzipien. Jede Zelle ist ein Beweis dafür …«

»Weiter«, drängte der Kapitän. Er hatte die Arme über der Brust gekreuzt und ging unruhig auf und ab.

»Alle diese Daten sind in den Bordcomputer eingegeben worden. Als Nichtspezialist verfüge ich nur über relativ wenig Rechenzeit, es reicht aber für zwei kurze Fragen: Haben die Parasitoide von Tau Ceti auf Terra überlebt? In welcher Form?« Sie machte eine Kunstpause. »Die erste Frage wurde mit 98 % Sicherheit bejaht.« Marna sah einen Augenblick nachdenklich nach draußen, bevor sie fortfuhr. »Wie sie kamen? Ich weiß es nicht. Wahrscheinlich als Sporen, getrieben vom Novawind. Sporen leben im Weltraum, nahe dem absoluten Nullpunkt, fast unbegrenzt und pflegen allgemein sehr haltbar zu sein. Wie sie sich fortpflanzten? Auch da habe ich nur Vermutungen. Vielleicht wie Viren mit Hilfe einer Wirtszelle, vielleicht wie Bakterien mit eigener DNS.« Sie blickte die kleine, rotbraune Venus an. »Vor der zweiten Frage rekapitulierte ich ein paar Fakten, die sich durch die Geschichte des Homo sapiens ziehen: Das Leib-Seele Problem, der andauernde Konflikt zwischen Verstand und Gefühl, unsere Steinzeitmoral verglichen mit der interstellaren

Technik, unsere archaische Geschlechterbeziehung, das Fehlen des Missing Links, des Verbindungsgliedes zwischen dem affenähnlichen Pithecanthropus und Homo sapiens, die starke Zunahme der Schizophrenie auf diesem Planeten ... und die Sehnsucht nach den Sternen.« Sie schwieg einen Moment. »Und dann erinnerte ich mich an die Ameisen. Es kann keine überzeugende Lösung des Problems geben ohne eine Erklärung dieser rätselhaften Notiz und dieses Selbstmordes. Ameisen bauen nicht nur riesige, perfekt organisierte Staaten auf, sie dienen auch als Zwischenwirte für Parasitenlarven, die in ihr Zentralnervensystem eindringen, das Kommando übernehmen und das Verhalten der Ameisen zu ihrem Vorteil steuern. ›Wir sind Ameisen‹. Heim nach Tau Ceti.« Sie lachte bitter. »Danach war der Ausdruck des Computer für mich nur noch eine Bestätigung: Der Aufenthaltsort der Parasitoide liegt mit 99,8 %iger Wahrscheinlichkeit im menschlichen Schädel. Die gebräuchliche Bezeichnung für sie ist Telencephalon, Großhirn, dem alten Affenstammhirn aufgepfropft. Das, was den Homo zum ›sapiens‹ macht. Dr. Brady hat dies erkannt. Eine Wahrheit, die echte Menschen offensichtlich nicht verkraften können. Wenn sie sie dumpf erahnen, flüchten sie sich in Schizophrenie oder Wahnsinn, wenn jemand die Tatsachen klar erkennt, reagiert er mit Selbstmord.«

Das Gesicht des Kapitäns war weiß; der dunkle Bart unterstrich seine Bläße. Sein Atem ging flach wie unter Schock. »Warum Sie nicht, Integrator?« fragte er wie um Zeit zu gewinnen.

Zum ersten Mal verriet Marnas Stimme so etwas wie Emotionen. Auch sie war aufgestanden und fuhr sich mit den Fingern heftig durch das Haar. »Es ist Ihnen sicher bekannt, Kapitän, daß nahezu die Hälfte des Expeditionsteams Androide sind, synthetische Menschen, wie ihr uns nennt«, sagte sie scharf.

»Techno-Menschen sind den wahren Menschen gleichgestellt und besitzen dieselben staatsbürgerlichen Rechte«, sagte der Kapitän tonlos und ohne Überzeugung. »Wahre Menschen«, wiederholte Marna spöttisch. »Bürger Zweiter Klasse, rothaarige Retortengeschöpfe, Golems in euren Augen. Aber ihr habt mit eurer Ablehnung recht, mehr vielleicht, als ihr glaubt. Wir sind anders, zumindest in dieser Situation stabiler. Von Beginn an hat man uns gesagt, daß wir künstlich sind, nicht ›vom Weibe geboren‹, immer und immer wieder. Ein weiterer fremder Teil, ob von euch oder anderen, stört uns nicht.«

Der Kapitän hatte offensichtlich nicht zugehört. Seine Augen waren leer. »Parasitengezücht«, murmelte er schaudernd. Mit dem Ausdruck unbeschreiblichen Ekels hob er seinen Strahler an die Schläfe.

Marna blickte nachdenklich auf den toten Kapitän hinab. Androide töten keine wahren Menschen. Sie respektieren aber deren freie Entscheidung. Sie sah hinaus in die dunkle Landschaft mit den Doppelmonden. Tau Ceti würde eine gute Heimat für Androide werden.

Und es würde ihnen allein gehören.

Bald.

Die Cyborgs zählten nicht. Vielleicht würde man ihnen sogar Staatsbürgerrechte zugestehen, irgendwann einmal. Sie seufzte zufrieden.

Dr. Marna Vernell wandte sich um und verließ den Raum schnellen Schrittes. Es war ihre Pflicht, die übrigen Besatzungsmitglieder von ihren Erkenntnissen zu unterrichten.

Wolfgang G. Fienhold

Gebunkert

Wolfgang Fienhold, *Jahrgang 1950, geboren in Darmstadt, lebt in Frankfurt/Main.*
Seit 1970 freier Journalist und Schriftsteller. Zahlreiche Beiträge in Funk und Presse.
1973 ist sein erstes Buch erschienen: »IG Papier und Schreibmaschine«, 1974 »Jenseits der Angst«, 1977 »Lächeln wie am Tag zuvor«, 1978 »Ruhe sanft«, 1979 »Manchmal ist mir kein Schuh zu groß«, 1980 »Gedichte«, 1980 »Draußen auf Terra«, 1983 »Das Buch vom Zocken«. Mitherausgeber von »Die letzten 48 Stunden« (SF-Roman).

Die farbigen Hochglanzprospekte versprachen eigentlich nur eines: gediegene Sicherheit für das Leben, auch über das Leben hinaus.

Es handelte sich keineswegs um Werbeschriften von Sarghändlern, sondern um Atombunkeranlagen für Ein- und Zweifamilienhäuser.

Meine Frau lag mir schon lange mit Auswanderungsplänen nach Australien in den Ohren – so ein Atombunker schien sich als brauchbare Alternative anzubieten. Die Kosten waren zwar hoch, aber durch Steuer- und andere Vorteile zu verkraften. Ich rief Emily, und erläuterte ihr meine Gedanken. Sie vertiefte sich eine Stunde lang in die Prospekte und wiegte dann nachdenklich ihr englisch-distinguiertes Haupt.

»Sicher, das könnte eine Lösung sein, aber ich muß auf Modell C 12 bestehen, denn wenn wir soviel Geld ausgeben, sollte auch Platz für unsere Freunde sein. Außerdem könnten sie sich an den Kosten beteiligen.«

»An wen denkst du dabei, Schatz?« fragte ich sie.

»An die Wilferts und die Lamberts, sie sind genau wie wir kinderlos, in unserem Alter und verträgliche Leute.«

»Einverstanden, wir laden sie fürs Wochenende zu uns ein.«

»Das können wir doch schon heute abend machen, schließlich sind sie unsere Nachbarn. Ich rufe gleich mal an.«

Knapp zwei Stunden später hatten wir sechs es uns im Wohnzimmer gemütlich gemacht und diskutierten bei Wein und Crackers das Prospekt.

Dieter Wilfert war Arzt, Mitte Vierzig und immer noch eine stattliche Erscheinung. Er trank und rauchte reichlich, und manchmal hatte ich ihn auch in Verdacht, tablettensüchtig zu sein, aber das war inzwischen ja nahezu jeder dritte Mediziner. Renate, seine Frau, half in der Praxis. Sie zeichnete sich durch ein unkompliziertes Wesen und riesige Brüste aus.

Leonie Lambert war schon durch ihren Beruf als Schriftstellerin fürs Problematische prädestiniert. Ihr Mann, ein kleiner, farbloser, dicklicher Werbeleiter, war nicht mein Fall, aber Emily, meine englische Frau, hatte schier einen Narren an ihm gefressen.

Wir hatten vor zehn Jahren in London geheiratet, nachdem wir uns bei einer meiner vielen Reisen für meine Zeitschrift (*das* führende Gourmetblatt) ineinander verliebt hatten – bei Austern mit Bart und ... aber lassen wir das.

Emily kam gleich zur Sache und breitete die Prospekte aus. Bei Leonie rannte sie offene Türen ein, die Schriftstellerin hatte sich seit langem selbst mit dem Thema »Auswanderung« beschäftigt und war sofort Feuer und Flamme. Sie schaute ihren Mann herausfordernd an, und ohne sich mit ihm abzusprechen, sagte sie: »Wir übernehmen zehn Prozent der Bausumme und das Beschaffen der Essens- und Trinkvorräte. So was braucht man doch, gelt?« Sie schob ihre randlose Brille über die faltige Stirn und schien Beifall zu erwarten.

Den bekam sie auch, vorerst allerdings nur von Emily: »Das ist schön, Leonie, ich freue mich, daß ihr mitmacht.«

Karlhans, ihr kleiner, dicker Werbemensch, war weit weniger begeistert, hielt aber den Mund.

Renate half über die Schweigeminute hinweg: »Ist irgendwie logisch, daß bei so einem Projekt die ärztliche Betreuung gewährleistet sein muß – Dieter und ich sind natürlich auch dabei«, meinte sie lachend. »Mit welcher Summe können wir einsteigen, Dieter?«

Dieter Wilfert räusperte sich. Auch er schien den Enthusiasmus seiner Frau nicht zu teilen.

»Nun, wir würden uns selbstverständlich ebenfalls mit zehn Prozent beteiligen und für die Medikamentierung und den übrigen Kleinkram sorgen.«

Es klang gequält. Überhaupt warfen wir, Dieter, Karlhans und ich, uns ab und zu hilflose, gottergebene Blicke zu. Ich hatte allen Grund dazu, hatte ich doch immer noch die finanzielle Hauptlast dieser Schnapsidee zu tragen. Dabei hatte ich die Idee mit dem Bunker doch nur ins Gespräch gebracht, um Emily am Auswandern zu hindern.

Später stand ich mit den beiden Ehemännern an der Hausbar, während die Frauen nebenan beim Kaffee die Bunker-Kleiderordnung besprachen. Ich mußte mir die Vorwürfe meiner Nachbarn anhören.

»Jungs, ich weiß, ihr habt recht«, sagte ich zerknirscht, »aber wie hätte ich mich denn aus der Affäre ziehen sollen? Ihr hättet ja protestieren können.«

»Mann«, beeilte sich Karlhans zu sagen, »wir verstehen ja deine Situation, aber hättest du uns nicht vorwarnen können? Wir sind ja von unseren Frauen einfach überrannt worden. Wie hätte es denn ausgesehen, wenn wir nein gesagt hätten? Wir konnten nicht mehr anders, nachdem deine Frau unsere Frauen überzeugt hatte.«

Dieter nickte bloß und schob sich eine Pille zwischen die Zähne. Er war der Ruhigste von uns.

»What shall's?« meinte er. »Ich hab' ohnehin ein Abschreibeobjekt gesucht. Ich hatte zwar an etwas gedacht, von dem man mehr Profit hat, aber wenn

Renate unbedingt will – mir ist's egal. Zieht die Sache durch, Männer.«

»Was auch sonst?« murmelte Karlhans düster.

Emily verlor keine Zeit. Wenige Tage später erschien der Architekt und erklärte meinen Rosengarten zum Atombunkergelände.

»Sie können das ja nach der Fertigstellung wieder überpflanzen«, versuchte er mich zu beruhigen.

Manchmal schauten Renate und Leonie bei uns vorbei, um den Fortgang der Bauarbeiten zu begutachten. Sie unterhielten sich eifrig mit den Arbeitern und Emily. Ich existierte offenbar nicht mehr für sie. Dieter und Karlhans ließen sich nicht blicken, sie mieden den Bauplatz.

Fast ein Jahr lang hielt dieser Zustand an, dann war es soweit: die Einweihung stand bevor.

Ich traf mich mit Dieter und Karlhans im »Kempinski«. Sie nippten bereits an ihren Drinks, als ich eintraf. Ihre Begrüßung fiel nicht sehr überschwenglich aus.

»Lange nicht gesehen«, begann ich das Gespräch.

»Wen nimmt's wunder«, knurrte Karlhans.

Dieter nörgelte: »Wir müssen jetzt in die Tasche greifen und mit der Kohle rüberkommen. So etwas ist immer deprimierend. Ich hab' von Renate gehört, daß die Baukosten sich nahezu auf eine Million belaufen.«

»Stimmt«, gab ich zu.

»Du und deine Frau, ihr habt uns reingeritten«, monierte Karlhans.

Der Barkeeper stellte drei neue Drinks auf die Theke und grinste so, als würde er sagen wollen: es gibt eben keine Männer mehr. Vielleicht habe ich das auch nur so empfunden, die beiden anderen reagierten nicht auf ihn. Statt dessen sagte Dieter: »Ich habe eigentlich keine große Lust, am Ersten zu euch zu kommen.«

»Was ist denn am Ersten?« fragte ich vorsichtig.

»Eure große Fete, du Idiot«, wurde er ausfallend.

»Emily hat mir nichts gesagt«, behauptete ich. Mir war gar nicht wohl in meiner Haut.

»He, seht ihr die drei Weiber da drüben?« fragte Dieter plötzlich. »Die reißen wir auf. Ich will vor dem Bunkerfest noch ein bißchen leben.« Er sah uns herausfordernd an. »Macht ihr mit?«

Wir gaben ihm recht und waren für kurze Zeit wieder die Männer, für die man uns hielt oder hätte halten können, falls man uns nicht kannte. Draufgänger. Kein Rock war vor uns sicher – wenn wir wollten.

Wir stürzten uns auf die Frauen mit einer Verzweiflung, die der Bunker geboren hatte. Wir alle wußten, daß die Bunkerfete Probleme mit sich bringen würde. Hatten doch die drei Frauen das Partygeschehen unbedingt unterirdisch haben wollen.

Am nächsten Morgen verließen wir immer noch heiter und im Bewußtsein männlicher Überlegenheit das Hotel. Keiner mochte über die Bunkerfete sprechen oder daran erinnert werden.

»Ist es nicht schön geworden?« fragte mich Emily voller Stolz. Man hätte meinen können, sie hätte den ganzen Komplex selbst gebaut – und Komplex war wohl auch der richtige Ausdruck.

»Schau nur, vier Räume! Und einer schöner als der andere. Am besten gefällt mir der Aufenthaltsraum«, sprudelte sie weiter, »wir hätten ohne weiteres noch ein drittes Ehepaar bei uns aufnehmen können, es ist ja alles so groß und geräumig.«

Ja, es war groß und geräumig, wenn man 100 Quadratmeter als groß und geräumig verstand. Immerhin hatte jedes der Paare zwanzig Quadratmeter Fläche zur Verfügung, der Rest ging für Entré und sanitäre Anlagen drauf.

»Ich mache Rehrücken zur Eröffnung«, verkündete meine Frau voller Begeisterung. »Morgen kommen der Doc und die anderen und richten die Vorräte ein.«

»Richten die Vorräte ein«, äffte ich nach.

Ich war pleite, absolut pleite. Der Bau hatte die Ersparnisse von 15 Jahren verschlungen, und dennoch freute sich Emily wie ein Kind.

Am nächsten Tag ging ich in mein Arbeitszimmer und beobachtete meine lieben Freunde beim Schleppen von Kisten und Kästen. Ich wollte mich bis zur unvermeidlichen Fete nicht mehr sehen lassen. Ich goß eine Flasche Wodka sturz in mich hinein, denn nur ich wußte, was sich Emily als Super-Party-Gag ausgedacht hatte.

Am nächsten Morgen fühlte ich mich hundeschlecht. Und das lag nicht nur am Wodka. Ich überlegte, ob ich die anderen warnen sollte – ich verwarf den Gedanken und öffnete um zehn Uhr früh wieder eine Flasche. Emily würde es mir nicht verzeihen, wenn ich ihren Super-Gag platzen ließ, und wenn ich Dieter und Karlhans warnte, würden sie vielleicht – bestimmt – nicht kommen.

Emily stand in der Küche und traf die letzten Vorbereitungen. Ihr strohblondes Haar und ihr Gesicht wurden durch die Sonne seltsam beleuchtet.

»Julia«, sagte ich und hätte mir im selben Augenblick auf die Zunge beißen mögen, denn Julia war die Dralle aus dem Hotel gewesen.

»Julia«, wiederholte ich rasch und geistesgegenwärtig, um meinen Fehler zu kaschieren, »Julia, willst du das deinem Romeo wirklich antun?«

Sie lächelte geschmeichelt: »Ich tue dir nichts an, es ist nur ein Test.«

»Ein Test, so, so«, sagte ich zweifelnd.

»Unsere Freunde werden das nicht übelnehmen.«

Ich war mir da nicht so sicher.

Endlich kam die große Stunde. Emily führte uns mit dem Gebaren eines Feldmarschalls durch die Bunkergänge in den Gemeinschaftsraum. Der Tisch in der Mitte des Raumes bog sich vor erlesenen Speisen und Getränken.

Alle langten kräftig zu, und es kam sogar eine recht ausgelassene Stimmung auf. Ich döste vor mich hin, als Emily an ihr Glas klopfte und sich räusperte:

»Freunde, ich habe eine Überraschung für euch, und ich hoffe, ihr werdet mir diesen kleinen Scherz verzeihen. Eigentlich ist es mehr eine Probe für den Ernstfall.«

Unruhige Blicke trafen sie.

»Was meinst du damit?« fragte Dieter.

Emily lächelte: »Nun, die Stahltür am Ausgang hat einen Zeitmechanismus, eine Zeituhr, die ich so eingestellt habe, daß sie sich erst in zwei Tagen wieder öffnet. Solange werden wir hier unten zusammenbleiben müssen. Wir werden uns schon vertragen, es mangelt ja auch an nichts.« Sie blickte strahlend in die Runde.

»Mein Gott«, stöhnte Dieter, »bist du denn wahnsinnig? Ich habe Termine über Termine! Gibt's hier wenigstens ein Telefon?«

»Nur Radios!« sagte ich.

Leonie und Renate fanden den Einfall nicht unlustig, für sie sei es wie ein Kurzurlaub, meinten sie.

Dieter stand auf: »Ich will mal nach der Tür sehen, vielleicht läßt sie sich trotzdem irgendwie öffnen.« Wir folgten ihm.

Ich schaute ihm beim Hantieren am Schloß über die Schulter. Urplötzlich mußte ich einen Schrei ausgestoßen haben, denn alle sahen mich an.

»Was ist denn mit dir los?«

»Das Zeitschloß«, stieß ich hervor. »Emily hat das Zeitschloß nicht auf zwei Tage, sondern auf zwei Wochen eingestellt.«

Jetzt kam der Schrei vielstimmig.

»Das habe ich nicht gewollt, das habe ich wirklich nicht gewollt«, stammelte meine bessere Hälfte und wurde ganz grün im Gesicht.

»Was können wir tun?« Karlhans klang bereits ziemlich hysterisch.

»Verdammt, wir können gar nichts tun! Das ist ein lausiger Atombunker und keine Ölsardinendose. Wir müssen die Zeit absitzen.« Mir war ganz schlecht vor Wut und Hilflosigkeit.

»Wir haben auch genug Vorräte für zwei Wochen und viele Gesellschaftsspiele hier unten«, versuchte Emily zu trösten.

»Scheiß Gesellschaftsspiele! Ich will hier raus, ich will sofort hier raus!« Karlhans hämmerte wie wild gegen die Stahltür.

Dieter versuchte vergeblich, ihn zu beruhigen. Und selbst von Renate und Leonie, die anfangs bereit gewesen waren, Emilys Idee etwas Lustiges abzugewinnen, hörte man nun leises Schluchzen.

Ich hingegen hatte mich wieder gefaßt. Vielleicht hatte ich auch unbewußt mit einer solchen Entwicklung gerechnet. Ich kannte Emilys Schusseligkeit schließlich schon seit Jahren.

»Kinder, regt euch nicht auf, der Ernstfall würde viel länger dauern, und falls wir es nicht einmal zwei Wochen miteinander aushalten, brauchen wir beim nächsten Krieg diesen Keller erst gar nicht gemeinsam zu betreten.«

»Er hat recht«, stimmte mir Dieter zu, »versuchen wir halt, das Beste draus zu machen.«

Allmählich wurden alle ruhiger.

»Am besten wäre es, wenn wir ein Programm für jeden der kommenden vierzehn Tage entwickeln würden«, schlug Dieter vor.

Man nickte beklommen, und wir gingen wieder in den Gemeinschaftsraum. Dieter nahm Papier und

Kugelschreiber und fragte in die Runde: »Hat jemand Vorschläge?«

Karlhans rieb nervös die Fingerkuppen aneinander, Tränen standen in seinen Augen. Sonst zeigte er keine Reaktion.

Emily machte den Anfang: »Es wäre zweckmäßig, zuerst den Koch- und Spüldienst einzuteilen.«

Sie blickte sehnsuchtsvoll auf die kleine Kochnische, die im Aufenthaltsraum eingelassen war und irgendwie vernachlässigt und jungfräulich wirkte.

»Ich übernehme es gerne für die gesamte Zeit«, bot sie sich dann selbst an. Vielleicht hatte sie die größte Angst vorm Nichtstun. Es regte sich kein Widerspruch.

»Nehmen wir als nächstes die Aufräum- und Wascharbeit«, fuhr sie mit einer seltsamen Art von Begeisterung fort.

»Ich mach das«, erbot sich Renate, die dann auch den Zuschlag bekam.

Seltsam, dachte ich, draußen hätte keine dieser emanzipierten Frauen solchen Kram allein gemacht, wir Männer hätten ganz schön mit ran gemußt. Aber draußen, das war für uns überirdisch – in zweierlei Bedeutung.

»Gibt es hier Bücher?« fragte Leonie.

»So zwei bis drei Dutzend«, antwortete ich ihr.

»Dann brauche ich keine Beschäftigung, die genügen mir, um nicht durchzudrehen«, entschied Leonie.

Wir stimmten ihr zu. Es gab auch eigentlich sonst nichts mehr zu verteilen.

»Ich werde versuchen, die Tür zu knacken, auch wenn ich weiß, daß das so gut wie aussichtslos ist, ich *muß* es einfach.«

Karlhans ging sofort an die Arbeit.

»Und was machst du?« fragte ich Dieter.

Er grinste: »Schlafen und Träumen, satt. Und du?«

»Ich habe keine Ahnung.« Das entsprach der Wahrheit.

»Aber abends sollten wir wirklich ein paar schöne Gesellschaftsspiele machen und miteinander reden«, nahm Emily ihren ersten Gedanken noch einmal auf. Wir stimmten zu.

Nachdem wir uns soweit geeinigt hatten, zeigte die Bunkeruhr bereits drei Uhr früh an. Wir suchten unsere Schlafgelegenheiten auf. Ich schlief fest und traumlos, ohne Emily zu berühren. Am nächsten Morgen weckte mich vertrauter Kaffeeduft.

1. Tag

Ich verlasse meine Koje nicht. Emily bringt Kaffee, Mittagessen und Abendbrot. Gegen Mitternacht steigt sie ins Bett.

»Willst du gar nicht wissen, was heute los war?« fragt sie mich.

»War denn was los?«

»Eigentlich nicht, es war nur so eine, so eine, ich weiß nicht, irgendwie gedrückte Stimmung.«

»Wundert dich das?«

»Nein. Hauptsache, es gab keinen Streit.«

»Aber irgendwas werdet ihr ja gemacht haben?«

»Wir haben ›Monopoly‹ gespielt. Stehst du morgen auf?«

»Sicher«, sage ich und schlafe ein.

2. Tag

Ich stehe wirklich auf. Das kalte Neonlicht stört mich. Die anderen sitzen schon am Tisch und frühstücken. Sie sehen mich erstaunt an.

Dieter witzelt: »Mit dir haben wir gar nicht mehr gerechnet.«

Ich nehme mir eine Tasse und mustere die Gesichter. Sie sehen unausgeschlafen aus.

»Ich geh' an die Arbeit«, murmelt Karlhans, schultert die Werkzeugtasche und macht sich an das sinnlose Unterfangen, die Stahltür zu bezwingen. Emily räumt ab und Renate hilft. Aha, denke ich, sie scheinen sich wirklich die ganze Haus-, die ganze Bunkerarbeit zu teilen. Leonie vertieft sich in ein Buch von Gerhard Zwerenz.

»Wie fühlst du dich?« fragt Dieter.

»Du brauchst mir den Puls nicht zu kontrollieren, mir geht's gut.«

»Die ersten Tage dürften problemlos verlaufen, dann kommt der kritische Punkt«, gibt der Arzt von sich.

»Meinst du wirklich so früh? Ich habe einiges über Eingeschlossene gelesen, und wenn mich meine Erinnerung nicht täuscht, kommt die Krise erst viel später.«

»Wir sind keine Soldaten irgendeiner Kampfeinheit«, belehrt mich Dieter. »Wir sind das, was man so schön Durchschnittsbürger nennt. Du wirst sehen, was da alles zum Vorschein kommt. Naja, die Tranquillizer werden mir sicher nicht ausgehen.«

Ich verdöse auch diesen Tag. Abends im Bett wundere ich mich, daß ein menschliches Gehirn so leer sein kann. Ich glaube, das ist der erste Gedanke, den ich mir bis dahin mache. Ich habe keine Lust, mit Emily zu schlafen, obwohl ich seltsam scharf bin.

4. Tag

Ich betrete den Aufenthaltsraum wieder als letzter. Emily und Renate hantieren an den Kochplatten. Erst beim zweiten Hinsehen fällt mir auf, daß sie nackt sind.

Dieter schlürft grinsend seinen Kaffee. Von der Tür her höre ich Arbeitsgeräusche, die Karlhans verursachen muß. Leonie ist nicht zu sehen.

Ich setze mich ruhig an den Tisch und sehe Dieter fragend an. Er zuckt mit den Schultern.

»Ich bin kein Psychologe, sicher ist nur, daß sie Aufmerksamkeit erregen wollen.«

Dann fragt er ganz unvermittelt: »Hättest du was dagegen, wenn deine Frau und ich ...?«

Ich schüttele nur wenig verwundert den Kopf. Irgendwie habe ich damit gerechnet, daß es mal so kommt. »Ich habe auch gerade an Renate gedacht«, sage ich.

»Dann ist die Sache ja wohl klar«, stellt er zufrieden fest.

Emily und Renate, die mitgehört haben, kommen zu uns herüber.

»Wir wurden zwar nicht gefragt, aber wir haben auch schon darüber gesprochen, daß ein bißchen Abwechslung gut für alle wäre.«

Renate nimmt mich mit in ihren Raum, und die beiden anderen verschwinden ebenfalls.

Renate und ich bleiben bis zum nächsten Morgen im Bett. So lange und so oft konnte ich es bisher noch nie. Ich bin irgendwie recht happy.

5. Tag?

Zufällig – ist es wirklich Zufall? – treffen alle sechs gleichzeitig beim Frühstück aufeinander. Leonie liest beim Essen. Karlhans hantiert an seinem Werkzeug. Wir anderen albern herum.

Nach einer Viertelstunde verschwindet Karlhans zur »Arbeit«, Leonie zieht sich zu ihren Büchern zurück, und wir blödeln weiter.

»Wie wär's, wenn wir an den See zum Schwimmen gingen?« fragt Emily.

»Ich würde lieber etwas spielen«, meint Dieter.

»Strip-Poker«, schlage ich vor.

Die anderen sind einverstanden.

»Aber zusätzlich spielen wir noch um Geld«, verlangt Dieter.

Nach einer guten Stunde sitzen wir alle nackt am Tisch, auf dem sich die Schuldscheine über eine halbe Million Mark befinden. Ohne daß ich sagen kann, wer den Anfang macht, liegen wir plötzlich auf dem Boden und machen weiter, wo wir vor wenigen Stunden aufgehört hatten. Nach einer Weile gehen wir vier in einen der Räume, ich weiß nicht welchen, und bleiben dort – ich weiß nicht wie lange. Ich habe kein Zeitgefühl mehr.

7. Tag?

Karlhans steht im Zimmer. Er wirkt geistesabwesend.

»Könnt ihr mal einen Augenblick kommen?«

Wir folgen ihm in Leonies Raum.

Sie liegt in einer riesigen Blutlache. Dieter beugt sich zu ihr hinunter, schließt die gebrochenen Augen, fühlt.

»Sie ist mindestens schon zwei Stunden tot. Sie hat sich die Pulsadern aufgeschnitten.«

Ich hebe einen Zettel vom Boden auf, überfliege schnell den einen Satz »Ihr habt mich ausgeschlossen« und reiche ihn wortlos weiter.

»Versteh' ich nicht, sie hatte doch ihre Bücher«, meint Renate kalt. Ich schüttele nur den Kopf, sage nichts.

Dieter deckt die Tote zu, und wir verlassen den Raum. Jeder verschwindet irgendwohin, will allein sein.

10. Tag?

Ich habe mich einige Zeit nicht von der Koje gerührt. Meine Dumpfheit weicht einer neugierigen Unruhe. Draußen ist alles ruhig. Ich habe keinen Laut gehört in all den Stunden. Ich gehe zuerst zur Tür, wo ich Karlhans bei seiner Arbeit vermute. Er ist auch dort, aber er arbeitet nicht. Er hat sich an einer Stützstrebe aufgehängt. Zu seinen Füßen liegt ein Zettel mit den Worten »Ihr Mörder«.

Die werden immer einsilbiger, denke ich und mache mich auf die Suche nach Emily.

Sie liegt neben Renate und schläft ganz ruhig, auch Renate schläft. Da ich die beiden nicht wach bekomme, vermute ich, daß sie starke Schlafmittel genommen haben.

Plötzlich stürmt Dieter herein. Ich sehe an seinen Augen, daß er unter Drogen steht.

»Karlhans ist tot«, brüllt er.

»Ich weiß.«

Ich gehe wieder in meine Koje und versuche, die Gedanken abzuschalten. Irgendwie gelingt es mir.

12. Tag?

Bei meinem morgendlichen Rundgang finde ich Dieters Leiche am Küchentisch. Es war wohl mehr ein Selbstmord aus Versehen, eine Überdosis. Ich lege ihn, wie vorher schon Karlhans, zu Leonie ins Zimmer. Emily und Renate liegen engumschlungen, als ich bei ihnen die Tür öffne und gleich wieder schließe.

Ich habe keine Lust, ihnen von den beiden Toten zu erzählen und lege mich wieder in meine Koje.

Manchmal höre ich eine der beiden in der Küche hantieren und Essen zubereiten. Um mich kümmern sie sich nicht, und ich nicht um sie.

14. Tag

Ich finde die Tür geöffnet vor. Das Zeitschloß hat funktioniert. Ich sehe rasch nach den beiden. Wie könnte es anders sein, sie haben Zeit und Raum vergessen, liegen schmusend zusammen. Ich suche mir Papier und Bleistift und schreibe das hier auf. Einige Stunden später finde ich sowohl die Tür als auch Renate und Emily in unveränderter Stellung vor.

Ich schließe die Tür und drehe die Zeitsperre auf das Maximum.

Hier soll keiner mehr lebend rauskommen. Keiner.

Ulrich Harbecke

Faber

Ulrich Harbecke, *geb. 1943 in Witten a. d. Ruhr.*
Nach dem Abitur Studium der Theaterwissenschaft, Musik und Kunstgeschichte in Köln und Wien.
Seit 1969 Mitarbeiter des Westdeutschen Rundfunks, zunächst als freier Journalist mit zahlreichen Fernsehreportagen aus dem In- und Ausland, dann als Redakteur für Politik, Geschichte und Musik im Programmbereich »Kultur und Wissenschaft«.
Neben wissenschaftlichen Veröffentlichungen in Fachzeitschriften und einem Lehrauftrag für Journalistik der Universität Tunis mehr und mehr literarische Tätigkeit. Romane und Kurzgeschichten.
Träger des Sheckley-Preises 1983.

Faber hörte sie kommen. Er kannte diesen geschmeidigen Schritt und zweifelte keinen Augenblick, daß sie zu ihm wollten. In einem plötzlichen und sinnlosen Impuls warf er den halbfertigen Stuhl in eine Ecke und fegte Werkzeug und Holzreste vom Tisch. Mitten in der Bewegung hielt er inne. Hatte er Angst? – Hatte sie ihn seit Wochen unsicher und unbestimmbar umkreist? Würde sie sich jetzt grell in ihm zusammenziehen? – Nicht einmal dafür ließen sie ihm Zeit. Sie waren da. Eine Faust stieß die Tür des Kellerraumes auf. Sie krachte hart gegen die Wand.

»Nun mußt du dich umwenden«, dachte Faber. Langsam wandte er sich um. – Es waren zwei. Breitbeinig standen sie im Rahmen der Tür. Von der trüben Deckenlampe fiel ein Streifen Licht auf ihre schwarzen Gummihäute. Sie überspannten nichts weiter als ein komplexes System elektronischer und biochemischer Bauteile, aber Faber wußte, daß er gegen sie keine Chance hatte. Als Herr dieser Farm hatte er sie oft genug selbst gerufen, wenn es galt ein paar aufsässige Robos zur Räson zu bringen oder veraltete Modelle aus dem Verkehr zu ziehen. Sie fielen immer einmal aus dem Programm und waren dann nicht leicht zu bändigen. Da brauchte es andere Automaten, die man als Ordnungskräfte organisiert hatte. Bei Bedarf waren sie prompt zur Stelle und erledigten das Problem. – Auch jetzt waren sie zur Stelle. Aber jetzt war er selbst das Problem.

»Wir müssen Sie bitten, mitzukommen«, sagte der Rechte höflich und ohne eine Spur von Erregung.

»Vermeiden Sie größeres Aufsehen!« fügte der Linke im gleichen Tonfall hinzu.

Faber senkte den Blick auf seine Hände. Sie hielten noch den Hammer und zwei zusammengenagelte Holzleisten. Langsam löste er die Finger. Beide Gegenstände fielen mit einem letzten Ton ihrer geheimnisvollen Musik auf den Steinfußboden. Jetzt waren seine Hände leer. Nur etwas Holzmehl und Leim hafteten noch daran. Auch die kleine Blase am linken Mittelfinger brannte und klopfte, aber schon zog sich das Blut zurück. Die Haut war weiß und feucht. Dort, wo sie sich in den letzten Wochen verhärtet hatte, um der ungewohnten Tätigkeit gewachsener zu sein, sah man ein paar gelbliche Flecken. Einen Augenblick lang kämpfte Faber mit der Versuchung, seine Hände zur Faust zu ballen und eine lächerliche Geste der Auflehnung zu wagen. Aber dann ließ er sie niedersinken und gab auf.

Langsam und müde schob er einen Fuß vor, bis ein Schritt daraus wurde. Sie warteten unbewegt. Gleich würden sie ihn bei den Armen packen und abführen. Eine Sekunde, ein winziger Augenblick trennte ihn noch von einer unbekannten Zukunft. Er würde ihn aber auch von einer Vergangenheit trennen, die jetzt noch einmal in flackernden Szenen durch seine Erinnerung schoß.

Bei einem Routinegang durch die Wirtschaftsgebäude hatte alles begonnen. Irgendwo stand eine Tür halb offen. Faber hörte ein merkwürdiges Geräusch. Er trat ein und entdeckte in einem der angrenzenden Schalträume die kleine Baustelle. Vier Robos reparierten – offenbar im Auftrag seines Sohnes – einen Kabelschacht. Sie hatten sein Kommen nicht bemerkt, und er beschloß, sie eine Weile zu überwachen. Hinter einem Turm aus Kisten und Geräten, konnte er ihnen zuschauen, ohne selbst entdeckt zu werden. Er erinnerte sich noch des Widerwillens, den er empfand, diese an Ekel grenzende Abneigung gegen die häßlichen Automaten, ihre gleichförmigen Bewegungen, das geschäftige Hin und Her, das pneumatische Schnaufen und Grunzen, mit dem sie größere Anstrengungen begleiteten.

Schon wollte er sich wieder abwenden, als er den spitzen Ton aus dem Bügel hörte, der den unförmigen Kopf der Kyborgs überspannte. Offenbar rief der Junior sie für heute in ihre Ställe zurück. Sein Sohn hatten den Hof schon fest im Griff. Man konnte sich auf ihn verlassen. Ohne jeden Übergang unterbrachen sie die Arbeit, ließen das Werkzeug fallen und formierten sich zum Abmarsch. Faber hatte keine Lust, ihnen jetzt noch gegenüberzutreten. Die Robos verschwanden. Die Tür fiel ins Schloß.

Vielleicht war es die plötzliche Stille und Einsamkeit, die ihn zögern ließ, ebenfalls das Gebäude zu verlassen. Vielleicht wurde ihm jetzt auch die Peinlichkeit der Situation bewußt, als unumschränkter Herr der Farm vier lächerliche Robos belauscht zu haben. Schließlich konnte man sie viel besser über Funk von der Zentrale aus kontrollieren. Leicht zerstreut bückte er sich und hob eines der umherliegenden Werkzeuge auf. Es war ein Hammer, und er konnte sich nicht erinnern, jemals ein solches Gebilde in der Hand gehalten zu haben. Seit Menschengedenken gab es Robos, und es war deren Sache, mit Hammer und Zange umzugehen, Leitungen zu legen oder Schaltungen zu bauen. Kein Mensch kam auf den Gedanken, sich damit die Finger zu beschmutzen.

Faber sah sich unwillkürlich um. Er war allein. Plötzlich fühlte er sein Herz klopfen. Ihm war als hätte er unmerklich eine Grenze überschritten. Das hatte mit diesem merkwürdigen Gegenstand in seiner Hand zu tun. Die tiefsitzende Abneigung, aber auch eine gewisse Faszination mischten sich zu einem heimlichen Grauen, das er so noch nie empfunden hatte. Er hatte das undeutliche Gefühl, etwas Ungehöriges, vielleicht sogar Ungesetzliches zu tun. Soviel war sicher: Es war gegen die Ordnung der Dinge, gegen den Sinn dieser Welt. Bestand nicht seine Aufgabe darin, die Ordnung dieser Welt aufrecht zu erhalten?

Der Hammer wog schwer in seiner Hand. Unwillkürlich beantwortete sein Körper den Druck. Es war eine Art stummes Zwiegespräch der harten Materie mit Nerven, Muskeln und einem Willen, der entscheiden konnte. Dieses Werkzeug verlängerte seinen Arm und verstärkte seine Kraft. Mit wachsender Neugier beobachtete Faber das Zusammenspiel von Last und Kraft. Er hockte sich nieder und ließ seinen Arm sinken. Das Werkzeug folgte der Bewegung und traf mit hellem Klang auf den Steinboden. – Erschrocken zuckte er zusammen. Hatte er diesen Ton nicht unzählige Male gehört? Was war jetzt so neu und besonders daran? – Prüfend, zögernd, aber mit einer dunklen Entdeckerlust hob er das Gerät wieder an. Er spürte, wie es sich mit der Anziehungskraft des Planeten füllte – und ließ es wieder sinken. Dies war schon fast ein Schlag. Der Schock durchzuckte seinen Arm, auch der Ton war heller, bissiger. Auf dem Boden zeichnete sich eine Vertiefung ab.

In der Nähe lag ein weiches Stück Blech. Er nahm es in die Hand und schlug mit dem Hammer zu. Das Material verformte sich. Mit einem neuen Schlag versuchte er, es wieder zu glätten. Mehr und mehr faszinierte ihn das ungewohnte Spiel. Andere Gegenstände und Geräte fesselten seine Aufmerksamkeit. Immer wieder versuchte er, ihre Form zu erfassen und das

Geheimnis ihrer Funktion zu entschlüsseln. Ein nie gekanntes Gefühl von Gegenwart vibrierte in seinem Körper. Das Blut schoß schneller und mit fast schon schmerzenden Stößen durch die Adern. Eine seltsame Feuchtigkeit trat auf seine Stirn. Und immer wieder gab es Neuigkeiten zu entdecken. Bald zeigte sich auch, daß er nicht allen Geräten gewachsen war. Manche leisteten Widerstand oder rächten sich für falschen Gebrauch. Kleine Verletzungen waren die Folge, auch sie gehörten zu dem Fest, daß Faber feierte. Zuletzt war es ein Rausch, aber ein Rausch, der ihn nicht einnebelte wie ein schweres Gewand, sondern Unbekanntes in ihm entfaltete, der unsichtbare Kleider und Fesseln von ihm sprengte, so daß er das Gefühl hatte, sich nackt und lebendig einer neuen Freiheit entgegenzuwerfen.

»Wo warst du so lange?« fragte sein Sohn, als Faber spät in der Nacht die Wohnung betrat. Er warf seine Mütze über den Garderobenhaken und vermied jeden direkten Blick.

»Ach«, sagte er nur.

Sie schwiegen. Faber ließ sich in einen Sessel fallen. Lautlos kamen die Robos heran, zogen ihm die Schuhe aus, erfrischten ihn mit feuchten Tüchern und servierten ihm das Abendessen. Auf der gegenüberliegenden Wand flammte ein mannshoher Bildschirm auf. Man sah bombastische Raumschiffe, die sich dreidimensional um die Macht in der Galaxis rauften und unter einem Strahlengewitter wie bunte Seifenblasen zerplatzten.

»Übrigens, Nummer 34 von der 87er Serie ist ausgefallen«, sagte der Sohn. »Ich habe ihn isolieren lassen, bevor er die anderen rebellisch macht.«

Faber nickte. Er schloß die Augen. Dahinter war ein großes Erstaunen und eine kleine, selige Müdigkeit.

Am nächsten Morgen war er als erster auf den Beinen. Noch nie war er aus so großer Tiefe emporgetaucht. Seine Hände und ein paar Muskeln der Arme schmerzten leicht. Trotzdem fühlte er eine neue Elastizität und Hunger auf den jungen Tag. Es war ihm, als hätte er auch das Geheimnis des Schlafes enträtselt.

In den Werkstätten und auf den Feldern war es schon lebendig. Hunderte von Robos bewegten sich an den unsichtbaren Fäden ihres Programms. Sie rannten zielstrebig hin und her, wühlten Furchen auf, sammelten, sortierten, verarbeiteten Früchte oder produzierten Gegenstände, Bauteile, Geräte. Faber sah ihnen zu. Zum erstenmal bemerkte er die präzise Sparsamkeit ihrer Bewegungen, hörte die merkwürdigen Geräusche aus den mechanischen Anteilen ihres Innenlebens, sah sie bohren, schleifen, sägen, stanzen und hämmern.

Zu seiner Überraschung empfand er heute keinen Widerwillen, ihnen zuzuschauen. Im Gegenteil, er beneidete sie fast um die Vielfalt ihrer Einsatzmöglichkeiten. Derselbe Automat, der eben vielleicht noch einen Stein zerschlagen oder einen Baumstumpf gerodet hatte, saß jetzt im Labor, um mit fein dosierter Kraft eine Platine zu bestücken. Mit atemberaubender Sicherheit fand er sich auf dem engmaschigen Netz metallisch glänzender Leiterbahnen zurecht, steckte kubische Speicherbausteine zu regelmäßigen Mustern zusammen, entzifferte Markierungsfarben, Zahlen und Buchstaben von Widerständen, Transistoren und Kondensatoren und fand den richtigen Platz für Potentiometer und Relais, deren Inneres sich aus gelblichen Lamellen und kupferroten Spulen zusammensetzte. Zuletzt fügte er den weißen Prozessor auf goldglänzenden Kontakten in das Zentrum der Platine.

Faber war zutiefst irritiert. Er wußte nicht, ob ihm dies alles fremd oder auf eine neue Weise vertraut geworden war.

Am Nachmittag wagte er einen zweiten Besuch im Schaltraum des gestrigen Abends. Die Robos hatten ihren Auftrag erledigt. Der Kabelschacht war repariert, die Stahlschränke standen wieder an ihrem Platz. Er war leise enttäuscht. Zwar hatte er nicht vor, seinen Gefühlen noch einmal so spontan nachzugeben, aber nun empfand er sich doch als zu spät gekommen. Einen Augenblick spielte er mit dem Gedanken, einen dieser Kabelbäume kurzzuschließen oder eine andere künstliche Verwirrung zu stiften, um an diesem günstigen Platz neue Gelegenheiten zu schaffen, aber das wäre zu weit gegangen. Hier funktionierten die Sicherungen seiner Vernunft.

In einer Ecke lag noch ein Haufen unbenutzter Werkstoffe und Reste von Verpackungsmaterial. Eine kleine Zange war daruntergeraten. Die Robos hatten sie offenbar übersehen. Faber pfiff überrascht durch die Zähne und hob sie auf. Noch ehe es ein bewußter Entschluß wurde, steckte er sie in die Tasche und verließ das Gebäude.

In den nächsten Tagen verschwanden weitere Gegenstände, nicht immer unbemerkt. Sein Sohn beschwerte sich bei ihm über die Robos.

»Wie ist das möglich!« schimpfte er. »Hast du je erlebt, daß Robos ihr Werkzeug vernachlässigen?«

Faber zuckte die Schultern.

»Werden schon wieder auftauchen«, brummte er. »Im übrigen kannst du mich auch Wichtigeres fragen.«

Er wandte sich ab und ging ins Haus. In einem der oberen Fenster war eine Bewegung. Faber glaubte den Umriß eines Robos zu erkennen, aber als er näherkam, war der Rahmen leer.

Um Mitternacht erwachte Faber. Er lauschte in die Dunkelheit. Alles war still. Geräuschlos verließ er das

Bett und schlich auf Zehenspitzen zum Treppenhaus. Leise stieg er in den Keller hinab. Er kannte sich aus und konnte sich ohne Licht orientieren. Hinter den Vorratsräumen führte ein schmaler Gang in die Tiefe des Erdreichs. Hier gab es einen ehemaligen und längst vergessenen Kühlraum. Faber stieg durch die Schleuse und verschloß hinter sich sorgfältig die Tür.

Im Schein einer Deckenlampe lagen seine Schätze ausgebreitet. Mit liebevoller Aufmerksamkeit nahm er jedes Stück in die Hand, betastete seine Konturen, führte Bewegungen damit aus und versuchte, neue Möglichkeiten und Kombinationen zu entdecken. Dann zog er einen Bogen Papier aus der Lade des Tisches und begann mit einem Stift, Pläne zu entwerfen. Seine Hand war unbeholfen. Sie zeichnete mit der angestrengten Schwere eines Kindes, aber auf der schattigen Fläche entstanden neue Werkzeuge und Gegenstände, die man herstellen konnte. Zuweilen sprang er auf, lief in eine Ecke des Raumes, wo sich schon ein beträchtlicher Stapel von Brettern, Metallrohren, Stoff- und Plastikresten angesammelt hatte. Er wählte mit Eifer darin, hielt einzelne Stücke zueinander, versuchte eine künftige Form in ihnen zu entdekken. – Und er war glücklich.

Noch hütete er sein Geheimnis, aber schon träumte er von einer neuen Welt. Das war nicht mehr die Welt des einförmigen Zustandes und der kalten Perfektion. Mit diesen Werkzeugen und mit diesen seinen Händen konnte man sie in ein lebenslanges Geschehen verwandeln mit Plänen, Umwegen, überraschenden Entdekkungen, mit Widerständen und Geduld, mit Niederlagen, Enttäuschungen, aber auch mit plötzlichen Durchbrüchen und Erfolgen. – Da draußen schliefen die Menschen. Sie ahnten nicht, was er schon wußte. Bald würden sie es erfahren und zusammen mit ihm ihre Kräfte regen.

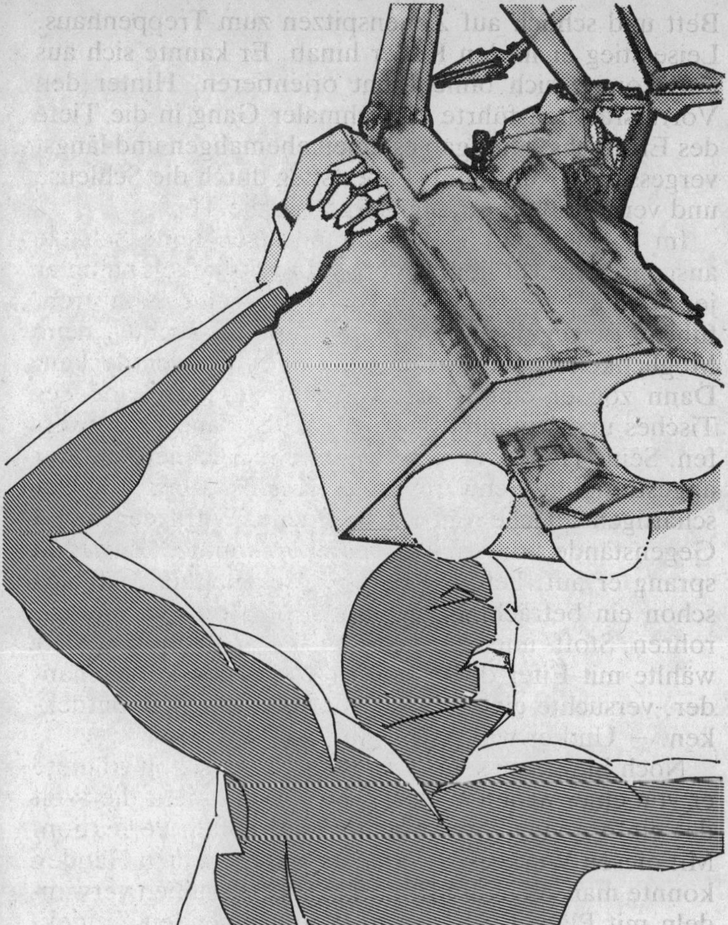

In der Zentrale lag der Widerschein eines Monitors auf den Pulten und Reglern. In den Schränken tickten die Uhren. Ihre Relais und Steuerschaltungen überwachten die technischen Funktionen des Hofes und der Wirtschaftsgebäude. An ihren Kabeln und Armaturen hingen die Ställe der Robos. Von hier aus wurden sie für den nächsten Tag mit Energie geladen. Der Monitor zeigte einen schwachen Streifen Licht, der von einer der Hoflaternen in das Treppenhaus fiel. In diesem Augenblick huschte Fabers Gestalt durch das Bild. Jetzt erst bewegte sich ein Schatten vor dem Kontrollpult. Mit weicher Präzision ergriff seine Hand einen Schalter. Das Bild des Monitors zog sich knisternd zu einem hellen Punkt zusammen, der in der Tiefe erlosch.

Wenige Tage später waren Gäste im Haus. Der Junior hatte sie eingeladen. Es handelte sich um die Farmer der benachbarten Betriebe. Einige hatten Frauen mitgebracht. Man plauderte, trank und lachte. Die Robos reichten die Speisen und Getränke.

Faber war schlecht gelaunt. Obwohl sich die durchwachten Nächte in seinen Augenrändern abzeichneten, hätte er auch diese Nacht lieber in seiner Werkstatt verbracht. Nur widerwillig ließ er sich in die unvermeidlichen Wortwechsel über das Wetter und die Preise verwickeln. Vor allem ärgerten ihn die Robos mit ihrer Allgegenwart. Die stumme Beflissenheit, mit der sie ihn beim Essen beobachteten, um nach dem letzten Bissen sogleich ein neues Stück vorzulegen. Die leisen und präzisen Bewegungen, mit denen sie durch den Saal huschten. Der leicht geneigte Kopf, mit dem sie auf Befehle warteten und nicht zuletzt die erbärmliche Langmut, mit der sie sich von den Junioren schikanieren ließen. – Diese machten sich ein Vergnügen daraus, widersprüchliche Anweisungen zu erteilen, um zu testen, wann einer der Kyborgs »heiß« wurde und aus dem Programm fiel. Dann hatte sich der elektronische Funke in irgendeinem Bereich ihrer Platinen verfangen, raste mit Lichtgeschwindigkeit im Kreis und führte zum Ausfall des gesamten Systems. Erst ein Druck auf die Reset-Taste stellte die Parameter wieder auf Null.

Angewidert beobachtete Faber das Spiel. Hier saß er, hatte Hände und Füße, hatte einen Verstand und Kraft, fühlte das Blut in seinen Adern, das feine Vibrieren der Sehnen und Nerven und wußte, daß die Zeit verrann. Dort am Tisch, drüben am Fenster, neben und hinter ihm hockten die Männer und Frauen, mit denen er jung gewesen war und rohe Spiele gespielt hatte. Sahen sie nicht, wie sich das Gerippe in ihnen dehnte, wie es sich unter der trockenen Haut spannte und sie bald zerreißen würde? – Was war ihr Leben? – Sie hockten hier draußen im Gürtel der Farmen und Werkstätten. Sie produzierten Gegenstände, deren Zweck sie nicht kannten. Sie waren abgeschnitten von der großen und weiten Welt. Waren sie nicht betrogen, bestohlen, seit undenklichen Zeiten verarmt und herabgewürdigt zum Schalterkippen und Knopfdrücken, zum Starren auf lächerliche Monitore und Meßinstrumente. Das Leben hatten sie den Robos überlassen, diesen widerlichen Klumpen aus Zellmasse und Kupferdraht, und alles dafür eingetauscht, was es lebenswert machte, den Schmerz, die Freude und die Müdigkeit. Aber sie ahnten es nicht. Sie waren in der Ordnung der Welt. Seit Hunderten von Jahren lachten sie über das Robo-Verwirrspiel ihrer Söhne und Töchter.

Da drüben hatten sie wieder einen im Visier. Gerade kam er aus der Küche und trug ein Tablett mit Gebäck heran. Mitten im Saal fiel er aus dem Programm, beugte sich ruckartig vor, so daß ihm das Tablett aus den Händen glitt, und schwenkte nun mit dem Gleichmaß eines Pendels den Kopf hin und her, so als könne er es einfach nicht fassen. Die Gesellschaft kreischte vor Vergnügen.

Faber sprang auf. Sein Glas fiel klirrend zu Boden. Eine kalte Empörung riß ihn voran. Mit starrem Blick schritt er durch den Saal. Die Gäste verstummten. Er packte den Automaten, hob ihn so hoch er konnte empor und schmetterte ihn gegen die Kante des Tisches. Der Körper platzte auf. Ein gelbliches Gemisch von Biomasse und elektronischen Bauteilen quoll aus der Wunde. Die Glieder griffen zuckend ins Leere. Dann waren sie still.

Noch hing der Aufschrei einer Frau im Raum. Eine andere glaubte an eine Variante des Spiels und lachte hysterisch auf. Aber was nun geschah, verschlug ihnen vollends die Sprache. Faber bückte sich nieder, nahm das Tablett in die eine Hand, sammelte das Gebäck darauf und erhob sich wieder.

Mit der abgemessenen Bedeutungsschwere einer mystischen Handlung ging er auf den nächststehenden Gast zu und bot ihm das Tablett. Der war so verblüfft, daß er tatsächlich ein Stück nahm. Sogleich wandte sich Faber an seinen Nachbarn. Auch der wußte sich nicht anders zu helfen. So ging er von einem zum anderen. Das Entsetzen lähmte alle. Ein Mensch, der die Arbeit eines Robos übernahm! Das hatte noch keiner erlebt. Das war eine unerhörte Provokation. Das stellte alles in Frage, worauf diese Welt gegründet war. Aber wie gebannt von dem grotesken Vorgang standen sie da und ließen es geschehen. Als er den letzten bedient hatte, stellte Faber das Tablett auf den Tisch und verließ den Saal.

Faber erwachte spät am nächsten Tag. Er ahnte, was er getan hatte und wußte, daß es unwiderruflich war. Sie hatten ihn nicht begriffen. Er stand allein. Aber war er nicht ein Mensch? War er nicht Herr dieser Farm? Wer konnte ihn hindern, zu tun und zu lassen, was ihm beliebte? – Er hatte gezeigt, daß ihn niemand hindern konnte. Er würde es ihnen immer wieder zeigen, bis sie es eines Tages begriffen und gleich ihm den Mut hatten, die neue Zeit zu beginnen.

Er stand auf. Er hatte Hunger. Er ging in die Küche und briet sich ein Steak. Er öffnete persönlich den Kühlschrank und nahm eine Flasche Bier heraus. Er aß und trank mit seinen eigenen Händen. Sollten sie kommen und ihn dabei überraschen. Er wollte ihnen schon zeigen, wie man das machte, und daß die Welt darüber nicht einstürzte. Gesättigt stand er auf und reckte sich, daß es in seinen Gelenken knackte. Mit wuchtigen Schritten ging er zum Waschbecken und säuberte das Geschirr. Dann sah er sich in den anderen Zimmern um. Hier war ein Schrank geradezurücken, dort klemmte eine Tür. Jeder Handgriff machte ihn stärker, jedes Geräusch mutiger. Sollten sie ihn da draußen ruhig hören! Hier war ein Mensch an der Arbeit. Hier lebte einer in seinem Haus. Der forderte sein Recht und ließ es sich nicht wieder nehmen. Schade, daß die Robos das Feld geräumt hatten. Wie gern hätte er sie mit Gesang und Gelächter durch das klirrende Fenster in den Hof geworfen.

Aber draußen gab es sie. Zu Hunderten wühlten sie jetzt auf den Feldern oder bastelten in den Hallen der Wirtschaftsgebäude. Er wollte sie aufscheuchen und auseinanderjagen. Er wollte ihnen zeigen, daß er der Herr war und keinen von ihnen brauchte.

Die Haustür war verschlossen. Einen Augenblick überlegte er, sie einzuschlagen. Da fiel ihm die heimliche Werkstatt im Keller ein. Die Erinnerung griff ihm mit heller Freude ans Herz. Er stieg hinab. Er schlug auf die Klinken und riß die Türen auf. Im Korridor lag eine Flasche. Er stieß sie mit dem Fuß voraus, so daß sie festlich an der Wand zerschellte.

Alles war vorhanden.

»Einen Stuhl«, dachte er, »als erstes werde ich einen Stuhl machen ...«

Der Griff war hart. Stählerne Ringe schlossen sich um seine Oberarme. Bis zur Kellertreppe hatte Faber ihren Schritt aufgenommen. Sie führten ihn hinauf. Die Haustür stand offen. Es war Nacht.

Der Hof lag wie ausgestorben. Ein kalkweißer Mond zeichnete die Konturen der Gebäude mit unnachgiebiger Klarheit. Der weiße Wagen stand weit drüben in der Nähe des Tores. Mit der sparsamen Präzision einer geometrischen Linie gingen sie darauf zu. Kein lebendes Wesen war zu sehen. Aber Faber spürte ihre Gegenwart. Irgendwo hinter den Mauern, hinter den Türen oder Fenstern hockten sie jetzt, die Verwalter und sein Sohn, der den Laden übernehmen würde. Ganz hinten, in den Ställen, lagen wohl auch die Robos an ihren Kabeln, tankten Energie für den nächsten Tag, und wer weiß, vielleicht hob einer jetzt den Kopf und lauschte in die Dunkelheit.

Sie schoben ihn in den stählernen Container des Schwebers und schlossen die Tür. Die Magnete summten auf, lautlos setzten sie das Fahrzeug in Bewegung. Faber spürte die Wand kalt und hart in seinem Rücken. Er war hellwach. Seine Augen gewöhnten sich bald an die Dunkelheit. Schließlich entdeckte er auch das kleine, viereckige Fenster oben, an der Seitenwand. Dort war Bewegung. Er richtete sich auf und sah hinaus. Das Fahrzeug glitt mit großer Geschwindigkeit durch die Nacht. Die Felder flogen vorbei und blieben zurück. Auch die Wälder wurden selten. Bald dehnte sich das Land glatt und eben wie eine Tischplatte bis zum Horizont. Nur ein weit verzweigtes Netz metallisch glänzender Bahnen lag unter dem Mond. Vereinzelt tauchten jetzt Bauten auf, kubische Gebilde von einheitlicher

Größe. Sie lagerten sich mehr und mehr zu einem regelmäßigen Muster zusammen. Ganze Zeilen huschten vorüber. Im Bruchteil einer Sekunde leuchteten zwischen ihnen die Bahnen auf, verloren sich als matt glänzende Linie in der unbestimmbaren Tiefe des Raumes.

Nach einiger Zeit belebte sich das Bild durch neue Formen. Da gab es tonnenartige Bauten, die sich horizontal auf silbernen Säulen erhoben; andere reckten sich turmhoch in die Nacht. Alle waren mit einer glänzenden, lackähnlichen Schicht überzogen. Farbige Ringe, gewaltige Ziffern und Buchstaben machten sie unterscheidbar.

Der Schweber verlangsamte jetzt seine Fahrt. Das Netz der Straßen wurde immer dichter. Andere Fahrzeuge schossen als winzige Schatten vorbei. Die nächtliche Fahrt schien sich dem Zentrum zu nähern. Gewaltige Bauten zeichneten sich ab. Einige standen wie stumpfbraune Teller hoch in den Himmel, andere hatten eine durchsichtige Außenhaut, die den Blick auf Wolken von Drahtgittern, gelblich glimmende Lamellen und kupferrote Spulen freigaben. Alle standen auf metallenen Säulen, die sich aus Becken geschmolzenen Metalls erhoben.

Faber starrte mit wachsender Erregung hinaus. Ein dunkles Summen verstärkte sich draußen und übertönte die Magnete des Schwebers. Auch strahlten die Gebäude eine Wärme ab, die er deutlich durch die Scheibe des Fensters auf der Haut spürte. Plötzlich änderte das Fahrzeug seine Richtung. Es schwenkte in einen breiten Ring, der offenbar das Zentrum der Stadt umgab. Faber kniff die Augen zusammen, aber dies war keine Täuschung. Aus der Dunkelheit tauchte ein gigantisches Gebäude auf. Es bestand aus einem weißen, langgestreckten Kubus, den das Mondlicht zum Blau verfälschte, und erhob sich auf zwei Reihen goldener Stützen, die durch den Anstieg des Geländes zusätzlich an Monumentalität gewannen. Jede dieser Säulen stand im Endpunkt einer Metallbahn, zu der sich Tausende vereinigt hatten.

Faber wagte nicht zu atmen. Da war ein Gedanke in der Nähe. Noch trennte ihn ein Vorhang aus Dunkelheit von seinem Bewußtsein. Aber in diesem Augenblick senkte sich das Fahrzeug und tauchte auf abwärts führender Bahn in die Tiefe dieser Welt. Die überwältigende Gegenwart des weißen Giganten erlosch. Der Gedanke hatte ihn erreicht. Faber schrie. Er schrie wie ein Mensch.

Achim Hildebrand

Der Gott im Loch

Achim Hildebrand, *geb. 1957 in Dutenhofen bei Wetzlar.*
Nach dem Abitur Chemiestudium an der Universität Gießen.
Achim Hildebrand ist seit 14 Jahren aktiver SF-Fan.
Gleichzeitig versuchte er sich verschiedentlich auch als SF-Autor.
»Der Gott im Loch« ist seine erste Geschichte, die er bei einem Verlag eingereicht hat.

Die Götter des Ostens waren in Zwist geraten und rangen miteinander in den Sphären des Himmels, hoch über den Türmen des uralten Koradh.

Zwölf Tage lang war die Sonne verfinstert und der nächtliche Mond verhüllt, denn ein schier unendliches Meer pechschwarzer, brodelnder Wolken bedeckte das Firmament von Horizont zu Horizont.

Zwölf Tage lang zuckten die Blitze herab, flammenden Dämonenschwänzen gleich, und zwölf Tage lang rollte ein gewaltiger, steter Donner über die gepeinigte Erde. Grauenhafte Stürme fegten über das Land und zerbliesen die einsamen Gehöfte der Freibauern; und mörderische Hagelschläge zerfetzten Ernten und Landleute gleichermaßen.

Farosh, der Gott des Feuers und der List war es, wie die Priester glaubhaft versicherten, der sich gegen Yrham erhoben hatte und seine heulenden Scharen zum Sturm auf den Thron des Götterkönigs trieb.

Tage und Nächte verharrten die frommen Männer auf den alabasternen Zinnen ihrer Tempel – in Regen und Kälte, in Chaos und Sturm, nur um ihren Gläubigen melden zu können, wie die Schlacht der Unsterblichen stand.

Farosh kämpfte zunächst mit gutem Erfolg, denn er hatte Yrham im Rausch überrumpelt und dessen betrunkenes Gefolge bis zum letzten Dämon niedergemacht. Dann jedoch erschien der Rest der mächtigen Göttersippe auf dem Plan und griff Yrham hilfreich unter die Arme. Farosh wurde zurückgetrieben, bis vor die Tore seines flammenden Reiches. Und bevor er sich dorthinein in Sicherheit bringen konnte, ergriffen sie ihn, entwanden ihm die Insignien seiner göttlichen Macht, und stürzten ihn hinunter auf die Erde. Dort sollte er – gedemütigt und aller Macht entblößt – gefangen sein, bis das letzte Horn ertönte.

Dies geschah am zwölften Tag der Katastrophe, und mit einem letzten, alles erschütternden Donner, der den Sturz des Farosh begleitete, war der Krieg der Götter zu Ende.

In Koradh lebte ein gewisser Cyron. Vor einigen Jahren noch hatte er bei den königlichen Schwertreitern gedient, war aber wegen seiner Trunksucht degradiert und schließlich davongejagt worden, woraufhin er nach Koradh gezogen war und dort das Geschäft eines Weinhändlers angefangen hatte.

Dieses Geschäft lief nicht eben gut, denn er verstand zwar eine Menge vom Krieg und auch vom Wein, aber leider gar nichts vom Handel. Wenn er nun trotz dieser Erfolglosigkeit ein gewisses Ansehen genoß, so lag das daran, daß er während des Krieges ziemlich weit herumgekommen war und als welterfahrener Mann galt. Seine Nachbarn und Geschäftsfreunde gingen ihn deshalb oft um Rat an, wenn es sich um Dinge handelte, die das fernere Ausland betrafen.

Wie fast alle Stadtbewohner, hatte auch er sein Haus in den bewußten zwölf Tagen nicht verlassen, sondern innerhalb der feuchten, aber soliden Mauern seines Weinkellers auf das Ende des furchtbaren Spektakels gewartet. Als dann der letzte, vernichtende Donner den Sturz des Farosh verkündete, war er erleichtert zu seinen Weinregalen hinübergegangen, hatte eine Flasche vom Besten entkorkt und sie genußvoll geleert. Sodann war er leicht schwankend zu Bett gegangen und bald darauf fest eingeschlafen.

Irgendwann, im Laufe der Nacht, war er noch einmal

kurz aufgewacht, weil er glaubte, ein schepperndes Geräusch in der Wohnstube gehört zu haben. Weil aber der schwere Wein noch seine Wirkung tat und auch weiter nichts mehr zu hören war, glaubte er, geträumt zu haben und war kurz darauf wieder fest eingeschlafen.

Als er jedoch am nächsten Morgen in die Wohnstube kam, um Feuer anzumachen, fand er etwas sehr, sehr Seltsames in der Asche seines Kamins ...

Es war ein metallener Stab, etwa fünf Fuß lang und einen halben Zoll dick. Cyron nahm ihn behutsam aus der Esse und musterte ihn mit forschendem, aber verständnislosem Blick.

Also hatte er doch nicht geträumt. Dieses Ding mußte in der Nacht irgendwie in seinen Schornstein geraten sein. Kurz nach dem letzten Donner. Nur – wer mochte es hineingeworfen haben? Wer besaß überhaupt etwas Derartiges?

Das Metall schimmerte wie angefeiltes Silber, war aber viel schwerer und auch wesentlich härter; ja, härter noch, als blutgehärteter Stahl. Er versuchte, dem Ding mit dem Saphir auf seinem Dolchknauf zu Leibe zu rücken – ohne Erfolg! Nicht den geringsten Kratzer konnte er der schimmernden Oberfläche beibringen.

Es war ein ihm gänzlich unbekanntes Metall! Eines, welches offensichtlich die Eigenschaften von drei oder vier anderen in sich vereinigte. Und ein solches Metall gab es auf der ganzen Welt nicht! Behutsam, aber zielsicher entwickelte er seine Gedanken weiter: ... wenn dieses Metall nicht von der Erde stammte, dann konnte der Stab auch nicht von Menschen gemacht sein, sondern ... sein Blick wanderte empor, dorthin, wo er über seinem Dach den Himmel wußte ...

Beim Schwanz des schwarzen Drachen! Sollte dieses Ding etwas mit den Ereignissen der letzten zwölf Tage zu tun haben?

Unglaublich! Doch wenn ja, dann ...

Nun, dann war es sicher klüger, er würde es verstekken und niemandem davon erzählen. Wer konnte schon wissen, was sich mit so einem Ding alles anstellen ließ. Und wertvoll war es allemal, dieses Metall, das es nicht gab.

Mit fahrigen Fingern wischte er die restlichen Ascheflöckchen von dem Stab und verbarg ihn so gut es ging unter seinem Hausmantel.

Wohin damit?

Ah – richtig! Es gab nur einen Ort, der wirklich sicher war. Atemlos hastete er die Treppe hinunter, in seinen Weinkeller. Dort unten gab es einen Seitenstollen, eine Eiskammer, die er für gewöhnlich nicht benutzte. Sie war mit einer schweren Steintür versehen, welche man mit einer Kette absperren konnte. Dorthin legte er den Stab und schloß sorgfältig ab. Zusätzlich tarnte er die Tür noch mit leeren Kisten und alten Strohmatten und ging dann, einigermaßen beruhigt, wieder nach oben, um sich fürs Frühstück anzukleiden.

Indes, er hatte sich noch nicht richtig an den Tisch gesetzt und begonnen, sich ein gekochtes Ei zu schälen, als ein durchdringender Schrei von der Straße zu ihm hereingellte und ihn erschreckt zusammenfahren ließ. Gleich darauf wurden weitere aufgeregte Rufe laut, die schließlich zu einem Lärm anschwollen, wie ihn nur eine aufgebrachte Menschenmenge hervorbringen kann.

»Mist, verdammter!« fluchte er und klaubte den zerbröckelten Eidotter vom Boden auf. Aber der Lärm auf der Straße hatte ihn neugierig gemacht und ihn sein Frühstück schon halb vergessen lassen.

Er öffnete das Fenster und sah hinaus. Die Straße wimmelte von schreienden, wild gestikulierenden Menschen, die offensichtlich alle das Westtor zum Ziel hatten. Und an der Spitze der aufgebrachten Volksmassen schritten, würdig und erhaben, die Hohepriester des Yrham.

»Was ist denn da los?« schrie Cyron einem fettleibigen Tempelsklaven zu, der dicht bei seinem Fenster verweilte, um sich ein wenig zu verschnaufen.

»Farosh ist gefallen!« krächzte der Dicke zurück.

»Na und, das weiß ich schon seit heute nacht!«

Der andere hob den Arm und deutete zum Westtor.

»Draußen, vor der Stadt ... liegt er!«

»Liegt er ...?« Wie ein Blitz fuhr Cyron in seine Stiefel und warf sich seinen Staubmantel über. Ein gefallener Gott! Und gleich vor den Toren Koradhs! Das mußte man sich ansehen! Mit einiger Mühe drängte er sich aus seiner Haustür und ließ sich vom Strom der Leiber mitreißen.

Nun, so nahe vor den Toren lag der Gott freilich nicht. Der Ort befand sich einige Stunden entfernt, am Rande der weißen Wüste. Erst gegen Mittag waren auch die letzten Einwohner Koradhs eingetroffen und standen in dichten Trauben um die Stelle herum.

Cyron hatte Glück, denn er hatte einen Platz in der ersten Reihe erwischt und konnte alles ganz genau beobachten – obwohl es genaugenommen gar nicht viel zu sehen gab.

Der Gott hatte bei seinem Sturz ein Mordsloch gerissen. Sein Umfang entsprach in etwa dem eines mittleren Wohnhauses und seine Umrisse in etwa denen einer ungeheuren menschlichen Gestalt. Die Tiefe des Loches konnte Cyron nicht abschätzen, weil er zu weit weg stand und die Tempelsöldner ihn nicht näher heranließen. Nur den Priestern war es erlaubt, sich bis an den Rand des Loches zu wagen.

Überhaupt, die Priester! Sie schienen ein ganz eigenes Interesse daran zu haben, daß möglichst alle Einwohner um das Loch versammelt waren. Geschäftig schritten sie an den Rändern des Loches auf und ab und tuschelten miteinander.

Endlich trat Faylor, der höchste Priester des Yrham, vor und erklomm unbeholfen einen etwas erhöht liegenden Felsblock. Mit beschwörend erhobenen Armen richtete er das Wort an die wartenden Massen:

»Bürger Koradhs! Geliebte Kinder des Yrham! Vor allen Menschen der Erde dürft ihr euch glücklich preisen! Denn euch wurde der Anblick des erschütterndsten Gleichnisses zuteil, welches die Welt je erlebt hat!«

Verhaltener Beifall brandete auf und ließ Faylors Augen im Triumph aufleuchten. Mit wildem Pathos fuhr er fort: »Seht, dort gähnt er, der schwarze Abgrund, der sich auftat, das Falsche und Böse zu verschlingen. Wie tief ist er gefallen, der zu stolz war, sein Haupt vor dem Höchsten zu beugen. Welche Schmach muß er erdulden, der so oft das Reinste und Edelste schmähte. Und wahrlich, mit seinem Fall ist ein Zeichen gesetzt! Ein Zeichen für all diejenigen, die da glauben, sie könnten ...«

So ging es noch eine ganze Zeit lang weiter, immer begleitet vom Beifall der ergriffen lauschenden Menge.

Einen von denen, die am lautesten jubelten, kannte Cyron recht gut. Es war Leithor, der Hohepriester des gestürzten Farosh. Freilich trug er nun nicht mehr seine elegante Purpurrobe, sondern eine unscheinbare Spielmannskluft und einen falschen Bart. Cyron empfand fast so etwas wie Mitleid für den armen Kerl. Er und seine Brüder würden es fürderhin schwer haben, ihr Brot zu erwerben, wenn sie nicht sowieso, was viel wahrscheinlicher war, ihrem Gott binnen kürzester Frist in den »schwarzen Abgrund« folgen mußten.

Kurz nach Mittag ging endlich auch Faylor die Puste aus. Mit einer letzten Mahnung und reichlichen Segnungen entließ er seine Zuhörer. Langsam wogten die Massen zurück zur Stadt, denn auch dort gab es ja noch eine Menge zu tun. Da waren die Tempel des Farosh, die geschleift werden mußten, und seine bereits gefangenen Priester, die sich gewiß nach Folter und Hinrichtung sehnten, und und und ...

Noch am selben Tag machte sich, auf Fayors Geheiß, ein Trupp Steinmetzen daran, ein marmornes Denkmal zu errichten, welches Farosh in Gestalt eines toten Drachen zeigte und Yrham als gepanzerten Helden, mit kühnem Antlitz, der dem Untier seinen eisenbeschuhten Fuß auf den Nacken setzte.

Auf dem Weg nach Hause versuchte Cyron, in die Nähe eines der Yrhampriester zu gelangen. Er fand einen der heiligen Männer, den er recht gut kannte, weil dieser schon mehrfach Opferwein bei ihm eingekauft hatte. Diesem beschloß er, ein paar unverfängliche Fragen zu stellen.

»Ein Glück, daß er nun tot ist, was?« begann er und versuchte, seiner Stimme einen erleichterten Klang zu verleihen.

»Ja«, nickte der Priester. »Wenn er es wirklich ist.«

»Glaubt Ihr etwa, er könnte noch leben? Nach so einem Fall?« Der Priester zuckte vieldeutig die Achseln.

»Kein Sterblicher weiß, was es braucht, einen Unsterblichen zu töten. Doch einerlei, ob er nun dahin ist, oder noch ein wenig lebt – seinen jetzigen Kerker wird er gewiß nicht wieder verlassen!«

»Wie beruhigend. Weder Yrham, noch die Menschen werden also je wieder seine Ränke zu fürchten haben!«

Der Priester warf ihm einen gekränkten Blick zu und zischte: »Yrham der Gewaltige hat den Listigen zu keiner Zeit fürchten müssen. Er ist wie ...«

»Aber um ein Haar wäre er doch besiegt worden«, warf Cyron ein.

»Ha – besiegt! Hinterrücks überfallen hat ihn Farosh. Und doch ist er gescheitert. Nein – niemals hätte er Yrham besiegen können, denn Yrham führt das Lichtschwert, mit dem er alle seine Feinde in den Staub wirft.«

»Ah – und Farosh hat ... hatte keine Waffen?«

»Doch, aber keine von solcher Macht. Seine Waffe war der Flammenspeer, der ihm nun entrissen wurde!«

»Aha – und äh, wie sieht der aus, dieser Flammenspeer?«

Der Priester blieb plötzlich stehen, kniff ein Auge zu und blickte Cyron mit dem anderen forschend an. Offenbar hielt er den biederen Weinhändler für ein wenig verrückt, oder er vermutete in ihm das Opfer seiner eigenen Handelsware.

»Woher soll ich das wohl wissen? Ich bin Priester und kein Hellseher. Farosh hat mir seinen Speer nie gezeigt!«

Damit wandte er sich ab und eilte mit raschen Schritten davon, so wie es alle Priester gerne tun, wenn man auf die fadenscheinigeren Aspekte ihrer Religion zu sprechen kommt.

Cyron hatte zwar so gut wie nichts erfahren, doch fühlte er sich in seinen Ahnungen bestätigt. Als er zu Hause ankam, verschloß er sorgfältig Fenster und Türen und begab sich in seinen Keller, um zu sehen, ob der Stab noch da war. Fast zärtlich rollte er ihn zwischen den Fingern und flüsterte dem kalten, glatten Metall leise beschwörende Worte zu:

»... ich werde dich hüten wie mein Leben. Und du wirst mir dafür dienen und mir großen Nutzen bringen. Du wirst mich an deiner Macht teilhaben lassen ... sobald ich sie zu wecken vermag. Die ganze Welt wirst du in meine Hand geben, bald ... bald.«

Ja, bald. Denn im Moment konnte er rein gar nichts unternehmen. Zu viele Leute drängten sich noch um das Loch herum.

Tagsüber waren es die Pilger, die zu Hunderten herbeiströmten, um den heiligen Ort zu besichtigen. Und des Nachts standen Krieger der Tempelwache am Loch auf Posten, um das Mahnmal vor Souvenirjägern zu schützen und um zu verhindern, daß jemand Steine in das Loch warf.

Aber die Zeit verrann und der Strom der Pilger wurde mehr und mehr zu einem tröpfelnden Rinnsal. Schließlich blieben sie ganz aus. Es gab ja auch nicht mehr zu sehen, als eben ein sehr tiefes Loch und ein geschmackloses Marmordenkmal. Bald darauf wurde auch die Wache abgezogen, da es ja eigentlich ziemlich gleich war, ob jemand Steine in das Loch warf, oder nicht. Es konnte nur von Nutzen sein, wenn der zerschmetterte Farosh noch ein bißchen gequält wurde. Außerdem war bis dahin niemand vorbeigekommen, der stark genug gewesen wäre, das tonnenschwere Mahnmal wegzutragen.

Kurz und gut – nach knapp drei Jahren war das Loch völlig verwaist, und Cyrons Stunde war gekommen!

Eines Abends, im Frühsommer – es war soeben dunkel geworden – holte er seinen Esel aus dem Stall, belud ihn mit allem, was er im Haus an Seilen und Tauen finden konnte, und machte sich im Schutze der Nacht auf den Weg zum Loch.

Er hatte Glück, denn auf seinem Weg begegnete ihm niemand, außer einer aufgeregt quietschenden Springmaus. Im flackernden Schein seiner alten Blendlaterne knotete er die verschiedenen Taue zusammen. Viele erwiesen sich als zu dünn, oder zu brüchig und mußten aussortiert werden, doch zu guter Letzt hatte er fünfhundert Fuß Seil beisammen, auf die er sich bedingungslos verlassen konnte.

Mit genüßlichem Lächeln wandte er sich dem Mahnmal zu, das milchig im Mondlicht schimmerte.

Oh, weitsichtige Priester des Yrham – hätten sie nicht darauf bestanden, den geschmacklosen Klotz gleich neben dem Loch aufzustellen, Cyron hätte nicht gewußt, wo er sein Seil hätte anbinden sollen. Weit und breit gab es weder Baum noch Strauch und auch keine passenden Felsen. Nur das allgegenwärtige Messergras, dessen Name schon darauf hinwies, daß man es mit Seilen am besten nicht in Berührung brachte.

So schlang er das Tauende um die säulenartige Wade des marmornen Yrham und knüpfte einen festen Knoten, einen von der Sorte, wie er sie bei den Soldaten gelernt hatte. An das andere Ende band er einen faustgroßen Stein, bevor er es hinabwarf, denn er wollte hören, ob es bis auf den Grund hinabreichte. Dann schleuderte er es mit elegantem Schwung hinunter und lauschte. Doch es verschwand in der Tiefe und straffte sich, ohne daß etwas zu hören gewesen wäre.

Cyron zuckte gleichgültig die Achseln.

»Macht nichts – bis auf Sichtweite wird's vielleicht hinabreichen.«

Dann zog er die mitgebrachten Lederhandschuhe an, packte das Seil mit festem Griff und ließ sich hinab in den nachtschwarzen Abgrund. Schon nach wenigen Klaftern wurde es unangenehm kalt und feucht, denn die Sonne reichte – außer um die Mittagszeit – nicht sehr tief in das Loch hinein.

Immer weiter hinab, immer tiefer hangelte er sich nach unten. Zweihundert ... dreihundert ... vierhundert Fuß. Seine Arme begannen zu schmerzen unter der ungewohnten Last seines eigenen Körpers und seine Stiefelspitzen glitten immer häufiger von dem feuchten, krümeligen Erdreich ab.

»Gleich ist das Seil zu Ende«, brummte er, »dann häng' ich hier und ...« im selben Moment fanden seine Füße festen Halt!

Den Grund des Loches hatte er freilich nicht erreicht, denn das Seil führte noch ein gutes Stück weiter hinunter. Aber es war eine große Felsplatte, die aus der Wand ragte und ihm einen willkommenen Ruheplatz bot. Aufatmend ließ er sich auf ihr nieder, immer darauf bedacht, das Seil nicht loszulassen. In dieser Finsternis hätte er es so leicht nicht wieder gefunden.

»Tiefer als ich dachte«, murmelte er und blickte über den Rand der Platte nach unten. »Wenn ich nur – Moment mal ...«

Tief, tief unter sich gewahrte er ein schwaches, phosphoreszierendes Leuchten. Einen wogenden Nebel aus Myriaden winziger, unendlich schwacher Lichtpünktchen. Cyrons Atem ging schneller, sein Herz raste, wie das eines jagenden Wiesels.

Bei Yrham – er war am Ziel!

Er hatte tatsächlich gefunden, was er suchte! Vorsichtig beugte er sich ein wenig nach vorn und legte die Hände trichterförmig vor den Mund.

»Farosh! – Herr der Flammen, hörst du mich? Ich rufe dich Farosh!« rief er gedämpft hinab und lauschte mit angehaltenem Atem auf Antwort.

Ein leises, tiefes Summen kroch herauf.

»Ich höre dich!« sagte eine Stimme, so tief wie das Loch, aus dem sie kam und so sanft wie der Atem des Südwindes. Es klang, als würde ein riesiger Bronzegong mit einer Pfauenfeder angeschlagen.

»Und du lebst?«

»Könnt' ich dich sonst hören?« Die Stimme klang nicht nur sanft, sondern auch ein wenig gelangweilt.

»Aber sag' mir, Sterblicher, was treibt dich zu so später Stunde noch zu mir? Yrham hat zur Nacht den Schlaf befohlen. Willst du ihm etwa ungehorsam sein, nun, da ich, sein Feind, zerschmettert bin und er unumschränkt das All beherrscht?«

Cyron hatte vor Aufregung feuchte Hände, seine Handschuhe wurden klamm und kalt.

»Ich möchte dir einen Handel vorschlagen«, raunte er in das fahle Leuchten hinab.

»Ah – wie soll das angehen? Was bietest du, und was verlangst du?«

»Denk' doch nach!« forderte Cyron den Gott auf. »Was fehlt dir? Was bräuchtest du, um dich wieder aus diesem Abgrund heraufzuschwingen?«

»Meine Macht!« bebte es nach oben. »Meinen Stab, den Yrham mir weggenommen hat. Jeder eurer Priester hätte dir das sagen können. Was quälst du mich also mit Erinnerungen an meine Macht? Ist es so wie Yrham sagte? – Daß die sterbliche Welt die unsterbliche hassen muß? Willst du mich deshalb peinigen?«

»Wer redet von Qual und Pein? Du sollst deinen Stab wiederhaben, wenn wir uns einig werden!«

Der schimmernde Nebel erstarrte in seiner wogenden Bewegung.

»Wie ... du hast ... so sag' schnell, was du verlangst, wenn deine Rede nicht von Anbeginn Lüge war!«

»Nun«, erwiderte Cyron bedächtig, »ich bin nur ein Sterblicher, wie du ganz richtig bemerkt hast. Meine Hand vermag die Macht des Stabes nicht zu wecken. Für mich allein wäre er somit nutzlos. Doch auch deine Hand ist schwach ohne den Stab und es ist eine gewaltige Gabe, die ich dir schenke. Darum verlange ich von dir, daß du mir für eine bestimmte Frist dienst, wenn du den Stab erhalten hast – und zwar mit all deiner Macht! Ist diese Frist um, so sollst du frei und der Stab wieder dein alleiniges Eigentum sein!«

»Mhm«, brummte der Gott, »das ist nicht mehr als recht und billig. Also gut, der Handel gilt! Bring' mir den Stab und ich leiste dir jeden Dienst, sofern es in meiner Macht liegt. Das heißt ... acht Wünsche sollst du frei haben. Mehr darf ich dir nicht zugestehen, sonst würde Yrham selber sich um dich kümmern.«

Cyron überlegte nur kurz.

»Also gut. Aber dann brauche ich eine längere Frist, um zu überlegen. Wie lange bist du bereit, auf meine Befehle zu warten?«

»Ich mache dir ein faires Angebot. Von heute an hast du Zeit, bis zu dem Tag an dem der erste Schnee auf Koradh fällt.«

Diese Offerte war in ihrer Art ganz und gar nicht ungewöhnlich. Die mathematische Aufteilung der Zeit in kleine und kleinste Abschnitte war Sache der Menschen. Die unsterblichen Götter hingegen richteten sich mehr nach dem Ablauf kosmischer Zyklen.

Cyron rechnete fieberhaft. Jetzt war Juni, und hier im Osten schneite es frühestens im Januar. Das war über ein halbes Jahr, genug um den Erdkreis zu erobern, mit der Macht eines Gottes im Rücken. Vielleicht schneite es dieses Jahr sogar überhaupt nicht. Auch das kam vor, und dann …

»Schwöre noch, daß du mich nicht auf's Kreuz … ich meine, daß du mich nicht betrügen wirst. Schwöre bei Yrhams Bart!«

Cyron wußte, daß ein solcher Eid selbst Farosh unverbrüchlich band.

»Ich schwöre«, kam es sofort zurück.

»Gut, so sollst du ihn haben. Übermorgen bei Sonnenaufgang!«

Den ganzen folgenden Tag und die folgende Nacht arbeitete Cyron fieberhaft. Zwar hatte er eine Menge Zeit zur Verfügung, doch seit er mit dem Gott gesprochen hatte, hatte eine merkwürdige innere Unruhe von ihm Besitz ergriffen. Nichts konnte ihm plötzlich schnell genug gehen. So traf er zwar pünktlich, aber ziemlich übernächtigt zum zweitenmal am Loch ein. Diesmal hatte er den Stab dabei, sorgfältig verborgen in einer zusammengerollten fauligen Strohmatte, denn es war nicht ganz risikolos, das Loch am hellen Tag aufzusuchen. Er wickelte ihn vorsichtig aus und ließ sich wieder in das Dunkel hinab.

»Farosh! – Hörst du mich?«

»Aber ja«, seufzte der Gott, »wirf endlich den Stab runter, oder glaubst du, ich will hier unten verschimmeln?«

Aber Cyron zögerte plötzlich, diesem Wunsch nachzukommen.

»Man nennt dich auch den Herrn der Tücke. Vielleicht sollte ich dir den Stab erst dann geben, wenn dein Dienst beendet ist … nur um sicher zu gehen.«

»Mann, ich habe geschworen!« brauste es herauf.

»Was sonst soll ich noch tun? Dir meinen du-weißt-schon als Pfand hinterlegen? Wie soll ich dir denn dienen, wenn ich meinen Stab nicht habe? Ich kann ja nicht einmal aufstehen ohne ihn!«

Cyron störte sich nicht im geringsten an der ganz und gar ungöttlichen Sprache des Gottes. Farosh war hinlänglich bekannt als das enfant terrible der Göttersippe und als derjenige mit der losesten Zunge.

»Also gut!« Kurz entschlossen warf er den Stab hinunter. Sogleich begann das Leuchten heftig zu pulsieren, wurde heller und heller und schwoll immer mehr an.

»Steig schnell aus dem Loch heraus«, befahl Farosh, »und sieh dich nicht um, bevor ich es dir erlaube. Der Anblick meiner jetzigen Gestalt würde dir wahrscheinlich deinen Verstand rauben!«

Cyron hangelte sich rasch nach oben, setzte sich mit dem Rücken zum Loch auf einen Stein und wartete. Es währte eine gute halbe Stunde, während der tiefe Stille herrschte. Dann vernahm er eine wohltönende Männerstimme:

»Alles klar, da bin ich! Farosh der Feurige, bereit dir zu dienen!«

Cyron fuhr herum. Vor ihm stand ein hochgewachsener, dunkelhaariger Mann in den besten Jahren. Gekleidet war er in einen purpurfarbenen Lendenschurz und Riemensandalen. Und in der sehnigen Rechten hielt er den Stab, der nunmehr in einem unirdischen blauen Licht leuchtete. Mit offenem Mund und weichen Knien starrte Cyron die menschliche Gestalt des Gottes an.

»Was schaust du so?« erkundigte sich Farosh beiläufig. »Ich weiß, daß ich blendend aussehe. Menschenkörper gelingen mir meist recht gut.« Er dehnte die mächtige Brust in einem tiefen Atemzug und streckte die muskulösen Glieder.

»Aaaach, ich fühl' mich wie einst im Mai – wie ihr immer sagt. Es ist doch gleich was anderes, wenn man wieder richtig beisammen ist!«

Er winkte Cyron mit einer knappen Geste zu sich heran.

»Komm nur her, mein Befreier. Du sollst deinen gerechten Lohn bekommen. Auf der Stelle lege ich dir das All zu Füßen, du brauchst es dir nur zu wünschen; Farosh ist dein Knecht!«

Aber Cyron winkte rasch ab.

»Nein«, entgegnete er, während er bedächtig das Seil und die Strohmatte wieder zusammenrollte. »Nicht so schnell. Ich habe nur acht Wünsche frei, und ich werde alles mögliche tun, um sie nicht vorschnell zu vergeuden!«

Farosh zuckte gleichgültig die Achseln.

»Mir egal. Meine Macht gehört dir und du kannst sie nach deinem Gutdünken nützen.«

»So ist es«, nickte Cyron. »Und darum wirst du dich auch an das Verfahren halten, welches ich mir überlegt habe.«

»Was denn für ein Verfahren?«

»Nun, wenn ich diese acht Wünsche möglichst gewinnbringend einsetzen will, so muß ich mich zunächst über deine Möglichkeiten ins Bild setzen, denn ich kann mir denken, daß auch deine Macht nicht unbegrenzt ist.«

»Da hast du recht. Sehr klug von dir. Ich kann in der Tat nur solche Dinge vollbringen, die auch durch die Kräfte der Natur vollbracht werden können ... etwa, ein Erdbeben verursachen, oder einen Sommer lang für erstklassiges Erntewetter sorgen, oder bewegliche Dinge über große Entfernungen tragen, oder mir den Geist von Sterblichen unterwerfen, oder ...«

»Siehst du, das dachte ich mir. Aus diesem Grunde habe ich mir eine Liste möglicher Wünsche zurechtgelegt, um mir ein Bild von deiner Macht zu machen. Ich werde sie der Reihe nach herunterlesen, und du wirst mir zu jedem Wunsch sagen, ob du ihn erfüllen kannst oder nicht. Wohlgemerkt, es handelt sich um mögliche Wünsche. Wenn ich sie also jetzt vorlese, so heißt das nicht, daß ich sie auch im nächsten Moment erfüllt sehen möchte. Ich möchte nur ...«

Farosh unterbrach ihn ungeduldig:

»Ich weiß schon was du meinst. Lies ruhig vor, von mir aus kannst du mir ja die Wünsche, die gültig sein sollen, schriftlich geben – damit garantiert nichts passiert!«

»Wohlan denn«, Cyron entrollte seine Liste und legte los:

»Da wäre zunächst mal ein Geldbeutel, der nie leer wird, weißt du, so einen, wie man ihn aus Märchen kennt ...«

»Vergiß es«, winkte Farosh ab. »So was kenne auch ich nur aus Märchen. Es widerspricht allen kosmischen Gesetzen – so gleichgültig sie mir auch sonst sein mögen. Wünsch dir lieber einen Berg von Gold.«

»Damit jeder hingeht und sich die Taschen vollmacht, was?« raunzte Cyron, zog einen Wachsstift aus der Tasche und strich seinen ersten Wunsch von der Liste.

»Wünsch dir eben noch ein paar Wachtruppen dazu«, spöttelte der Feuergott. Cyron reagierte nicht darauf und fuhr fort:

»Als nächstes hätte ich gern eintausend Fässer von meinem Lieblingswein ›Heldenblut‹ aus dem Akrothtempel in Othanium, und wenigstens zwanzig Jahre alt.«

»Das ginge in Ordnung«, nickte Farosh; und während Cyron stetig weiterlas, richtete er seinen Blick prüfend gegen den rosigschimmernden Morgenhimmel.

»Mhm, Yrham liegt im Rausch darnieder, wie man so treffend sagt«, brummte er, unhörbar für den Weinhändler.

»Und mit ihm seine ganze versoffene Brut. Wenn ich ihm jetzt ein ordentliches Ding verpaßte, stünde er gewiß nicht wieder auf ...«

»... und dann möchte ich vielleicht noch 365 Jungfrauen, die schönsten, die du auftreiben kannst, versteht sich!«

»Gemacht«, nickte Farosh geistesabwesend.

»Über diese Zahl habe ich lange nachgedacht«, erklarte Cyron. »Denn einerseits will ich die Freuden der Wollust natürlich so intensiv wie möglich genießen, andererseits aber darf ich meine Kräfte nicht sinnlos verpulvern, wenn ich die Welt beherrschen will, dabei brauche ich schon einen klaren Kopf ... he, da fällt mir noch etwas ein, was ich mir wünschen könnte ...« Er schlug den Kragen hoch, denn es war kalt und windig geworden und seine klappernden Zähne hinderten ihn am Sprechen.

»Versteh' ich vollkommen«, murmelte Farosh mit leerem Blick.

»... und so hab' ich mir gedacht, nimmst du halt für jeden Tag eine, eine jeden Tag ist für einen Kerl wie mich kein Problem. So und nun der nächste Wunsch, das wäre ...« Er wischte mit der Linken einige Schneeflocken beiseite, die der Wind auf das Pergament geweht hatte.

»Ich wünsche mir ...« Er erstarrte mitten in der Bewegung, denn er spürte, wie etwas seinen Rücken hinaufkroch – eine eisige Gänsehaut nämlich.

»Was ist das???« brüllte er mit überschnappender Stimme in den Flockenwirbel hinein, der ihn umtanzte.

Hinter ihm wurde es plötzlich unangenehm heiß. Er fuhr herum und sah die Gestalt des Gottes, aufgelöst in purpurne und violette Flammen.

»Du siehst doch – es schneit!« sagte eine Stimme aus der Feurwolke. »Tut mir leid mein Freund, aber eine solche Chance bekomme ich so bald nicht wieder. Leb' wohl, mein Dienst ist zu Ende, wie du selber sehen kannst. Das nächste Mal solltest du schneller sein!«

·Die feurige Gestalt wurde zu einer pulsierenden Flammensäule, die sich donnernd in den Himmel schraubte. Cyron sah ihr nach, bis das letzte Fünkchen erloschen war.

»Betrogen!« knirschte er und reckte seine Fäuste gegen die aufziehenden Sturmwolken. »Du schielender Bastard hast mich betrogen! Beschissen! Du ...« Es folgte noch ein gutes Dutzend derber und derbster Flüche, welche unsere Sprache zum Glück nicht kennt, dann versagte ihm die Stimme und er mußte seiner Wut auf andere Weise Raum schaffen. Mit Fingern und Zähnen zerfetzte er seine Wunschrolle, brüllte und tobte wie ein verwundeter Stier.

Erst am späten Abend hatte er sich wieder so weit in der Gewalt, daß er sich im Schutze der Dunkelheit nach Hause stehlen konnte.

Noch in derselben Nacht brach am Himmel über Koradh das Inferno los. Blitze zuckten, Donner rollte, Stürme tobten und die Priester sagten ...

Nun, gleichviel was sie sagten, Cyron bekam von all dem nicht das geringste mit. Er lag stockbesoffen zwischen seinen Weinfässern und träumte von goldglitzernden Schneeflocken.

Und er träumte so süß und schlief schließlich so fest, daß er nicht hörte, wie der letzte Donner verklang und kurze Zeit später irgend etwas mit metallischem Scheppern durch seinen Schornstein sauste ...

Thomas R. P. Mielke

Lizenzverlängerung

Thomas R. P. Mielke, *geb. 1940 in Vlotho.*
Er ist Werbetexter und Creative Director einer Berliner Werbeagentur.
Seine ersten literarischen Versuche im Bereich Science Fiction veröffentlichte er zu Beginn der sechziger Jahre in Leihbuchform.
Mittlerweile gehört er zu den wichtigsten Vertretern der deutschen Science Fiction und hat maßgeblich dazu beigetragen, ihr zur Eigenständigkeit zu verhelfen.
Für ihn ist Science Fiction »Ausdruck einer im besten Sinne liberalen Grundhaltung«.
Sein neuester Roman, Das Sakriversum, *ist vor kurzem im Heyne-Verlag erschienen und zählt zu den wichtigsten Werken der deutschen Science Fiction des Jahres 1983.*
»Lizenzverlängerung« ist Thomas R. P. Mielkes erste Science Fiction-Kurzgeschichte.
Thomas R. P. Mielke ist Träger des Robert Sheckley-Preises 1983.

Es kann ein Mann sehr wohl in Frieden leben.

Nach zwanzig Jahren an der Schranke weiß man, wer man ist und wo man hingehört. Wenn es nach mir ginge, könnte alles genauso bleiben, wie es ist. Ich bin mit mir und meiner Welt zufrieden. Ja – selbst der Krieg jenseits der Grenzen macht mir inzwischen nichts mehr aus.

Manchmal halte ich mitten in der Bewegung inne, horche in mich hinein und sehe Frieden. In diesen Augenblicken erlaube ich meinen Gedanken, ein wenig weiter auszuschweifen.

Natürlich habe ich auch mit den *Fahrenden* zu tun. Ohne sie hätte ich keinen Platz an meiner Schranke, und beinahe wäre ich selbst zu einem *Fahrenden* geworden …

Es ist sehr lange her, seit ich mein Soldbuch abgegeben habe. Als dann noch meine Schulterklappen mit den Sternen zurückgefordert wurden, habe ich mich eine Zeitlang leer und ohne Sinn gefühlt. Bis man mir anbot, Schrankenwärter in einem abgelegenen Neutralgebiet zu werden.

Wahrscheinlich bin ich damals innerlich nicht eindeutig genug gewesen. Aber wer weiß in jungen Jahren schon, welche der widerstreitenden Gefühle auch noch nach zwanzig Jahren gelten?

Sie können sich nicht leisten, daß jemand zweifelt oder darüber nachdenkt, was er tut. Die unsichtbaren

Detektoren hoch am Himmel spüren sofort, wo die Gefühle Schwachstellen oder gar Angst verraten. Und das kann tödlich sein …

Während ich also Warnflagge, Lampe und das Päckchen mit Zündpatronen aus dem Wandschrank in meinem Dienstraum nehme, genieße ich die wunderbaren Augenblicke der Vorbereitung. Sie sind das Schönste in meinem stillen Leben. Jeder Handgriff, jede Bewegung und jeder Blick zu den Instrumenten an der Wand ist mir ein altvertrautes, liebgewordenes Ritual.

Ich spürte bereits, wie sich die Zeit verdichtet. Noch ist der rasende Magnetzug nicht zu hören, doch eine unsichtbare Bugwelle eilt ihm voraus, erregend wie die Vorahnung von einem großartigen Gewitter, wie ich sie manchmal in den Tälern sehe. Gleichzeitig blähen sich die Sekunden auf und werden praller. Ich merke, wie die unwichtigen Geräusche langsam vergehen.

Großartig, dieses erhabene Gefühl!

»Alsdann, ihr Lieben«, sage ich zu den Stühlen und zum Bohlentisch in meinem Dienstraum, »… nun wollen wir mal wieder!«

Wie üblich fühle ich mich zu einem Wort der Erklärung verpflichtet. Das ist ganz einfach eine Frage der Achtung für die Dinge, mit denen man zusammenlebt.

»Es ist der Elf-Uhr-Neunzehn«, sage ich daher. »Der Euro-Transrapid. Mal seh'n, ob er die Bombe heute wieder mitführt …«

•

»Ihre erste Dienstreise in einem Transrapid?« frage ich. Der blasse, junge Fähnrich auf der anderen Seite des fest am Boden angeflanschten Tisches nickt. Es ist stickig im Kasinoabteil des Panzerzuges.

Wir haben den letzten Alpenpaß soeben überwunden. Von nun an geht es zu Bayerns Tunnelöffnungen nur noch bergab. Das ist der gefährlichste Abschnitt auf dieser Strecke.

»Ich war zwei Jahre ruhiggestellt«, sagt der Fähnrich. Er sieht sich scheu um ehe er lächelt. Das machen alle Neuen.

»Wohl früher mal geglaubt, daß wir verrückt sein müssen ...«

Er sieht mich an, als hätte ich den Kode der Bombenzündung ausgeplaudert.

»Um Gottes willen!« schluckt er. Sein Adamsapfel hüpft wie ein gefangener Vogel. »Das würde mir nicht mal im Traum einfallen! Ich weiß doch, daß die ... ich meine, daß wir *Fahrenden* regelmäßig harte Psychotests bestehen müssen ...«

Er schlägt sich mit der flachen Hand auf seinen Hinterkopf. Ich lache leise. Natürlich hat er recht. In unserem Job sind Tauglichkeits-Überprüfungen eine Art Überlebensgarantie ...

»Tjaja, unsere Affekte!«

Ich schenke uns noch etwas Lambrusco nach. Obwohl es nicht sehr gern gesehen wird, kommt man sich in den Kurswagen hinter der Abschußrampe viel leichter näher als in den Bunkerstädten unter der Erde. Es schweißt zusammen, wenn man für viele Wochen hinter so einer Bombe herfährt, einer Bombe, von der schon eine einzige genügt ...

»Ich hatte meine letzte Ruhigstellung als Oberleutnant«, sage ich. »Damals haben wir noch die Möglichkeiten von Kriegen nach der alten Machart durchgespielt. *Friedensakademie* ... neunzig, einundneunzig ...«

Der junge Fähnrich sieht mich verwirrt an. Er kennt das alles nicht mehr. Für ihn muß das Abzählen von Sprengköpfen, Panzerdivisionen und Anti-Raketen-Raketen ebenso anachronistisch klingen wie Zinnfigurenspiele mit Reiterheeren, Holzkatapulten und kleinen, bunten Bogenschützen.

Inzwischen kann kein Mensch mehr irgend etwas

»berechnen«. Genau genommen gab es wohl niemals eine klare Trennung zwischen Krieg und Frieden – ebensowenig, wie Atmen nur aus dem Einsaugen von Luft und ihrem Auspressen besteht. Alles fließt, und jeder Zustand ist nur die Vorbereitung seines Gegenteils!

Vor uns und hinter uns sitzen andere Offiziere an den dickwandigen Fenstern des Kasinos. Die meisten genießen noch einmal die wunderbare Aussicht, ehe der Transrapid für lange Zeit in einem Tunnelschlund verschwindet. Ganz vorn spielen zwei Beamte von der *Gefühls-Verdacht-Wache* schon seit Mailand »Rapi-Jagd«. Sie mogeln beide mit ihrem umgebauten Tisch-Roulette.

Manchmal denke ich, daß alles nur in unseren eigenen Köpfen stattfindet. Selbst als G-2-Offizier und Motivivationsexperte der *Psychologischen Tarnung* weiß ich kaum mehr als der blasse Fähnrich auf der anderen Seite des Tisches.

»Trinken Sie nur!« proste ich ihm zu. »Das dämpft ein paar von unseren Alphawellen ...«

Der Transrapid legt sich in eine lange, weite Kurve. Bald muß die Schranke kommen, die mich bei jeder Durchfahrt auf eine eigenartige Weise bis in mein Innerstes berührt. Erstaunlich, daß im neutralen *Draußen* noch immer Menschen leben ...

Es wird Zeit, hinauszugehen. Ohne jede Hast setze ich meine alte, schon oft gewaschene Schutzkappe auf. Seit mein Schädel fast kahl geworden ist, habe ich den Kappenrand mit etwas Heu von den Hangwiesen ausgestopft. Das ist bequemer.

Eigentlich müßte ich nicht so streng auf *Ordnung* achten, aber ich finde, das alles Regeln haben muß. Die dünne Nadel am Entfernungsmesser neben der Tür zittert wie ein verdorrter Grashalm im Sommerwind.

Sobald der Euro-Transrapid vorbei ist, werde ich die Induktionsspule herausnehmen und eine neue, saubere Kupferwicklung drehen.

Als ich nach draußen gehe, höre ich bereits das ferne Sirren in der Luft. Ich lege die Hand über die Augen und blinzele durch das grelle Sonnenlicht ins Tal hinab. Es ist noch nicht sehr lange so unnatürlich gleißend.

Das menschenleere Dorf tief unten ist dennoch kaum zu sehen. Seit fast zehn Jahren kommt niemand mehr zu mir herauf. Früher erschien wenigstens ab und zu der Streckenkommissar. Manchmal brachte er auch den Senner mit, dem die Waldreste der Alm gehören.

Wenn wir dann meine Dienstprotokolle gelesen hatten, setzten wir uns zu dritt zusammen, tranken von meinem Kräuterschnaps und unterhielten uns über das Wetter, die Züge und darüber, wie es früher einmal war.

Sie kommen nicht mehr. Niemand kommt mehr über die Straße, die an den Seiten aufgebrochen und unbefahrbar geworden ist. Ich blicke aufmerksam dem Band der dreifachen Schienen entlang. Sie wirken heute wieder wie glänzend-frische Schnitte im grau gewordenen Gras.

Ganz langsam beginnt der Boden unter mir zu beben. Bedächtig ziehe ich die Stulpenhandschuhe aus meinem Gürtel, streife sie über und atme zweimal tief und kostend durch. Die Luft schmeckt sauer, aufgeladen wie vor einem nahenden Gewitter.

Vorsichtig, sehr vorsichtig umfasse ich die Kurbel mit einer schraubenden, sanftsaugenden Bewegung. Nur keine Induktion an meinem Übergang! Die Euro-Transrapids reißen ohnehin ein viel zu starkes elektromagnetisches Feld mit sich. Deswegen werden alle Schranken und Signale schon seit vielen Jahren nur noch mechanisch bedient. Durch Schrankenwärter wie mich, einsame Weichensteller und Signalgasten, die in den Tunneln wohnen.

Nur keine Induktion! Keine Magnetschaltungen und keine Elektronik! Ein kleiner Blitz am Himmel könnte genügen, um alles zu zerstören.

Dem Antrieb eines Euro-Transrapids macht das nichts aus, aber der Rest ist viel zu wertvoll. Die Bombe ist es, die immer nur fahren muß ... kreuz und quer durch Europa ... über die Berge und vorbei an den verlassenen Ruinenstädten ... durch Täler und durch dunkle Tunnel ... immer nur fahren, fahren, fahren ...

»Unser Problem ist, daß wir immun geworden sind«, sage ich nachdenklich. »Immun gegen die Wirklichkeit. Wir wußten schon sehr lange, daß wir die Datenspeicher eines Tages nicht mehr überblicken würden. Und irgendwann vor acht, neun Jahren war es dann soweit. Da konnte uns kein Suchbaum, keine Logik und auch kein Fehlertest mehr helfen. Wir wußten einfach nicht mehr, ob nun die Sonne scheint oder ob alles doch nur Tarnung ist ...«

»Im Augenblick scheint sie ... glaube ich ...«

Ich kann nur lächeln über soviel Kinderglauben.

»Sind Sie ganz sicher?«

»Ich ... ehrlich gesagt ... ich weiß es nicht! Aber wenn ich weiß, die Projektionen wissen, daß ich weiß ...«

»Und so weiter«, nickte ich. »Wir sind an dem Punkt, an dem wir einmal angefangen haben, uns selbst als Teil der Umwelt zu entdecken. Nur mit dem Unterschied, daß wir uns unsere Götter, Geister und Dämonen diesmal wirklich selbst geschaffen haben!«

»Fing das nicht sehr viel später an?« fragt er. »Mit Radioübertragungen und dann den Fernsehaufnahmen von entfernten Kriegsschauplätzen ... als niemand mehr zu unterscheiden wußte, was Spielfilm und was wirklich war?«

»Das war eine der letzten Stufen«, nicke ich. »Mangelnde Selbsterfahrung. Damit ging jede Möglichkeit der Induktion verloren.«

»Haben nicht seinerzeit die Chinesen immer wieder behauptet, daß nie ein Mensch tatsächlich auf dem Mond gewesen ist?«

»Könnten *Sie* es denn beweisen?«

Wir schweigen und blicken zum Fenster hinaus. Draußen sieht alles so verdammt friedlich, still und unberührt aus. Eine fast schmerzhaft heile, aber unbewohnbar gewordene Welt ...

»Hätte man denn nicht rechtzeitig etwas gegen die Entwicklung unternehmen können?« fragt er.

»Ich glaube nicht«, sage ich zögernd. »Der Zug für eine friedliche, kampflose Entwicklung unserer Lebensform ... dieser Zug ist vor drei Milliarden Jahren abgefahren! Kommen Sie jetzt bloß nicht mit *friedlichem Wettbewerb, Koexistenz, Nächstenliebe* und anderem Unsinn! So, wie wir biologisch programmiert sind, *kann* es durch uns einfach keinen Frieden geben! Begrenzt vielleicht ... als Symbiose, kollektives Interessenbündnis ... oder durch Erziehung zum objektiven Denken ohne diese verdammten Gefühle und Instinkte ... das wäre eine Möglichkeit gewesen!«

Wir sehen erneut zum Fenster hinaus. Jedesmal, wenn der Transrapid den Paß überwunden hat, gerate ich in eine seltsam melancholische Stimmung. Hier sind die Reste der Wälder noch dichter als im Süden. Man kann noch ahnen, wie es einmal war.

Bald muß das Haus des Schrankenwärters kommen. Ich weiß nicht, wie er heißt und wer er ist, aber ich kann es kaum erwarten, ihn an der kleinen rotweißen Schranke zu sehen. Ohne Männer wie ihn könnte kein Transrapid mehr fahren.

Manchmal, da denke ich, daß er mich wiedererkennt, wenn wir mit unserem Bombenkurswagen an ihm vorbei ins Tal hinabfliegen. Was er wohl denkt?

Ich frage mich, warum die Schrankenwärter unserer Welt niemals begriffen haben, welche Macht in ihren Händen liegt ...

Hoch über den Bergen zieht ein winziger weißer Strich nach Norden. Von Westen her tauchen weitere Striche auf. Ich kann mir denken, wo sie ungefähr zusammentreffen werden.

»Das bringt schon wieder grauen Regen!«

So geht das nun seit vielen Jahren. Manchmal ist drei, vier Wochen Ruhe, dann sieht der Himmel über mir auf einmal aus als würde sich ein halbes Dutzend Schulmeister darum streiten, wer wohl die meisten und die feinsten Kreidestriche über das Blau da oben ziehen darf.

Ich lege den Kopf in den Nacken. So dicht, so glitzernd und so bedrohlich waren die Striche nur einmal in den vergangenen zwanzig Jahren. Damals wurde die alte Trasse mit einer automatischen Maschine abgehoben und gleich darauf durch einen dreibahnigen Strang ersetzt.

Wie krank und elend ich in der Zeit danach gewesen bin! Meine Haare fielen aus und als der Frühling kam, sahen die Blätter immer noch genauso aus wie im vergangenen Herbst. Das hatte nichts mit den Schienen zu tun, sondern mit den Rauchpilzen, die wie Vulkane oder Köhlerbrand am Horizont verwehten.

Das Zittern unter mir bringt mich wieder in die Gegenwart zurück. Die abfallende Strecke gehört zu den letzten Kilometern, die der Euro-Transrapid oberirdisch zurücklegt. Dort, wo die gespreizten Tunnel anfangen, hört das neutrale Gebiet auf. Ich glaube nicht, daß es weiter nördlich noch Wälder oder Städte gibt. Jedenfalls nicht an der Erdoberfläche ...

Die Lamellen an den Schrankenbalken vibrieren leise. Sie beginnen zu singen. Feine Staubmuster tanzen auf den Oberseiten der Magnetschienen. Sie bilden symmetrische Wellenlinien und regelmäßige Knoten.

Und plötzlich sehe ich den Euro-Transrapid.

Der mächtige lindwurmartige Zug aus schwarzbraun getarnten Schuppensegmenten schiebt sich wie ein legendäres Ungeheuer an der kahlen Felsenwand entlang. Er muß sehr schnell sein, auch wenn es von hier unten nicht so aussieht. Noch ziemlich weit entfernt fährt er von Ost nach West, verschwindet hinter nackten Felsen und passiert Sekunden später die Meldeglocke.

Noch drei Minuten.

»Bitte verlassen Sie umgehend das Kasinoabteil ... bitte verlassen Sie umgehend das Kasinoabteil ...«

Ich schrecke aus meiner Betrachtung der Wiesen, Berghänge und Almen auf. Ohne es zu bemerken bin ich allein im Aufenthaltswaggon zurückgeblieben. Auch der junge Fähnrich ist nicht mehr da. Ich hole tief Luft und trenne mich nur mühsam von den friedlichen Bildern, die auf mich jetzt wie eine vor langer Zeit verzauberte Landschaft wirken. Für die nächsten Wochen werde ich keinen Himmel und keine Berge mehr sehen.

Ich lasse die halbgeleerte Flasche Lambrusco stehen. Der Transrapid legt sich in eine weite Kurve. Ich schwanke etwas, stütze mich an einem unordentlich aussehenden Tisch ab und entdecke, daß die beiden Beamten von der *Gefühls-Verdacht-Wache* ihr Spiel nicht mehr beendet haben. Es steht noch immer unentschieden bei ihrer simulierten »Rapid-Jagd«.

Am Schott zu den Panzerzellen leiste ich mir noch einen Blick nach draußen. Es wird tatsächlich Zeit, daß wir wieder unter der Erde verschwinden ... Zeit für eine ausgiebige *Anti-Gefühls-Dusche* und ein paar Trainingsrunden in *Mentalogik*.

Ich erreiche meine Panzerzelle und drehe am Verschluß-Kode. Das Schott öffnet sich und ich schlüpfe in meine karge Isolierzelle. Es ist angenehm, wieder *zuhause* zu sein. Ich ziehe den Kletterverschluß meines Overalls auf, steige aus den Stiefeln und lasse mich auf die harten Polster am Fenster aus dickem Panzerglas fallen. Es wirkt von innen wie ein Bullauge. Oder wie ein Beobachtungsschacht in eine andere Welt.

Nachlässig knote ich mein Halstuch mit der aufgesetzten Diamantenspange auf. Ich lege es neben mich und greife nach dem Hebel für Getränke.

Der Grappa schmeckt wie Feuer. Scheußlicher Tresterschnaps, aber ausnahmsweise nicht synthetisch und nicht aus meiner Einsatzverpflegung. Das sind die kleinen Vorteile, die man als *Fahrender* genießt. Die Jäger und Nomaden hatten es schon immer besser als die Seßhaften. Sie konnten weiterziehen, wenn ihnen ein Lebensraum nicht mehr gefiel …

Jetzt müßte bald das kleine Haus des Schrankenwärters kommen! Der Transrapid nimmt wieder Fahrt auf. Es dauert nicht mehr lange, bis wir in Sicherheit sind.

Da ist bereits die Schneise durch den ehemaligen Wald. Danach das Straßenstück. Die Oberflächenbunker in den weißen Gebieten sind so verkleidet, daß sie jeweils zur Landschaft passen. Es fällt nicht auf, wie massiv sie konstruiert sind. Und plötzlich wundere ich mich, daß es überhaupt noch Schrankenwärter gibt.

Warum habe ich niemals richtig darüber nachgedacht? Und … was zum Teufel macht der Mann eigentlich? Steht er nur da, dreht seine Schranke, läßt sich vom Windsog schütteln … oder hat er vielleicht noch eine vollkommen andere Bedeutung?

Ich spüre, wie meine Hände feucht werden. Wie oft habe ich eigentlich daran gedacht, einmal mit diesem unbekannten Mann zu tauschen?

Jetzt muß er gleich zu sehen sein. Ich lehne mich zur Seite. Zum ersten Mal in meinem Leben bin ich mir

meiner Sache nicht mehr ganz sicher. Ich will aussteigen ... mit ihm tauschen ... nicht mehr ich sein, sondern er ...

»Mein Gott, was ist das?« höre ich mich keuchen.

Das nahende Getöse klingt immer dröhnender. Es wird vom Echo überlagert. Eigentlich klingt alles so wie sonst. Nur die vielen weißen Streifen am Himmel machen mir Sorge.

Ab und zu blitzt es wie Silberfunken in der Sonne. Das muß schon wieder eine neue Generation von *Waffensystemen* sein! Ich habe bereits davon gehört. Die Meldung kam über die Zugseile entlang der Trasse. Manchmal verständige ich mich auf diese Weise mit dem Weichenwärter vor den Tunneleingängen und mit meinem südlichen Nachbarn jenseits der steilen Berge. Wir kennen uns nicht, aber wir wissen, daß wir existieren – jeder an seinem Platz ...

Der rasende Euro-Transrapid kommt jetzt direkt auf mich zu. Er sieht wie eine fliegende Kugel über den Schienen aus, nur von vorn zu sehen und trotz der Entfernung bereits eine bedrohlich wirkende Bombe.

Ich beginne mit der *Empfindung.*

Kein Instrument der Welt kann Gefühle registrieren ... Ahnungen ... Gedanken. Aber Lebewesen können es. In China waren es Schlangen, die vor Erdbeben warnten. Im alten Rom schützten Gänse das Capitol. Und seit es Züge gibt, haben Schrankenwärter die Aufgabe, selbst Meßpunkte zu sein: wachsam, konzentriert und gleichzeitig aufs Äußerste sensibel.

Man muß es schmecken, fühlen, ahnen. Das ist viel mehr als ein Instinkt. Bereits ein Lichtquant kann aus großer Entfernung die Netzhaut reizen, aber wo unsichtbare Induktion beginnt, weiß niemand. Es ist ein *Vor-Gefühl* ...

Eigentlich rechne ich bei jeder Durchfahrt mit einem

Zwischenfall. Nur so kann man auch für die kleinste Empfindung empfangsbereit sein …

Es stimmt nicht!

Der Schock braucht eine ganze Weile, bis er in mein Bewußtsein vordringt. Liegt es an mir? Habe ich etwas falsch gemacht? Eine zu subjektive Sicht vielleicht?

Aus den Augenwinkeln beobachte ich die Störzeichen am Himmel. Elektromagnetische Impulse … *Echolot für Gefühle … Psychosonar …*

Ich muß den Euro-Transrapid warnen! Aber noch zögere ich. Die rote Flagge in meiner Hand wiegt schwer. Ich denke an die Lampe, die Zündpatronen. Gibt es denn keine andere Möglichkeit? Ich weiß, die Bombe wird sich aufrichten, wenn ich den Zug abbremsen lasse. Und wie von einem Katapult wird sie noch aus der Fahrt über das Tal hinweg und in den Himmel steigen. All das geschieht, was wir verhindern sollten …

In diesem Augenblick ist der Euro-Transrapid heran.

Ich muß unwillkürlich an das Gesicht denken, das mir schon mehrmals aufgefallen ist. Wie würde der *Fahrende* an meiner Stelle handeln … der mir schon mehrmals aufgefallen ist … und den ich früher oft beneidet habe, weil er mehr von der Welt sehen kann als ich …

Das Tosen donnert an mir vorbei zu Tal. Es reißt an mir, brüllt mich mit ungeheurer Kraft an, schüttelt mich durch, lähmt mich. Aber es stimmt nicht, ist ganz anders als es sein muß …

Und plötzlich weiß ich es:

Die Lichtfunken am Himmel haben den *Bombenanzünder* aktiviert! Nicht die mobile *Trägerrakete,* sondern direkt den *Sprengkopf!*

An meiner Strecke …

Im gleichen Augenblick sehe ich sein Gesicht hinter einem der dicken, runden Fenster.

Sämtliche Alarmsysteme fallen mit einem ungeheuren akustischen und optischen Lärm über mich her. Sie blaken, quäken, blinken, heulen ... zucken in allen Farben des Regenbogens, allen Kakophonien der Hölle.

Die Bombe ist scharf!

Ich weiß nicht, wie sie es gemacht haben. Ich weiß nur, daß ich raus will. Nicht sterben ... nicht auf diese Art ...

Blickkontakt!

Bruchteile einer Sekunde.

Ich merke, wie urplötzlich eine Brücke entsteht. Eine Gedankenbrücke zwischen ihm und mir. Ich *fühle,* wie ich mich verliere.

Warum bin ich nicht bereits damals, vor zwanzig Jahren aufgefallen? War ich denn wirklich so gut? Absolut zuverlässig mit dem perfekten Psychoprofil?

Oberleutnant ... Oberst ... zwanzig Jahre.

Wer ist der Mann da an der Schranke. Ich kenne ihn doch ...

Die Bilder überschlagen sich. Mein Innerstes kehrt sich nach außen. Träume ich nur, daß ich damals weitergemacht habe ... in jenen Jahren, als ich ruhiggestellt wurde wie der junge Fähnrich aus dem Kasino?

Verzweifelt suche ich nach einem Halt. Es muß doch irgend etwas geben, woran man sich festhalten kann!

Die Kurbel der Schranke liegt plötzlich schwer in meiner Hand. Der Transrapid rast weiter. Er zieht eine lange Schleppe aus Staub und abgerissenen Grashalmen hinter sich her.

Es dauert eine ganze Weile, bis ich begreife, daß ich im Euro-Transrapid sitze. Seltsam, ich hätte nie geglaubt, daß es so starke Induktionen gibt. Aber die neue Generation der Lichtfunken am Himmel könnte der Auslöser gewesen sein. Oder steckt in unseren Köpfen etwa kein beeinflußbares Potential?

Ich muß jetzt lernen, so zu handeln, wie er es getan hätte. Unwillkürlich muß ich daran denken, wie er wohl mit der Schranke fertig wird. Es ist nicht einfach, wenn man kein *Vorgefühl* besitzt.

Ich beuge mich über die Kontrollen an der Kabinenwand. Irgendwo muß es eine Folge von einfachen Tastbefehlen geben, mit der die *Zündung* verzögert werden kann. Mechanische Probleme waren schon immer meine Stärke. Ich muß verhindern, daß die Bombe noch im neutralen Gebiet hochgeht. Was später weiter im Norden geschieht, ist mir gewiß nicht gleichgültig, aber als Schrankenwärter von der *Gefühls-Verdacht-Wache* muß man Gefühle einfach ganz nüchtern sehen. Man darf sie haben, aber man muß auch wissen, daß sie nichts bedeuten ...

Ein *Fahrender* kennt keinen Stillstand. Und wenn es gar nicht anders geht, muß man sich eben selber überwinden!

Ich schwöre, daß ich *nur den Frieden wollte!*

Es gab nur diesen einen Ausweg aus dem Widerspruch, in der entscheidenden Sekunde nicht das tun zu dürfen, worauf ich mehr als zwanzig Jahre lang gewartet habe. Es war der richtige Zeitpunkt ... aber der falsche Ort ...

Tief unten im Tal verschwindet mein Transrapid in einem Tunnel. Die Bombe ist nicht mehr gestartet, nicht explodiert. Sie wird es tun. Dort, wo sie herkam ...

Ich schaue in den klaren Himmel über Bayerns Berge. Man könnte Menschen motivieren, hier zu leben. Ich traue mir das zu ... wenn jemand käme.

Andererseits sage ich mir: Es kann *ein* Mann sehr wohl in Frieden leben ...

»Das war phantastisch, Oberst! Einfach phantastisch«, sagt die erregte Stimme hinter der Nebelwand. »Mit diesem Ich-Sprung hätten Sie zwar alles eliminiert, was wir eigentlich verteidigen sollen, doch das beweist nur Ihr ungewöhnlich hohes Paranoia-Potential ...«

Ich spüre, wie die Kontaktschellen von meinem Kopf gelöst werden. Langsam erkenne ich den Stabsarzt wieder. Er beugt sich über mich und leuchtet mir mit einer Lampe in die Pupillen.

»Schade, daß es so wenig wirklich gute Schizophrene gibt!« seufzt er. »Und denen aus den Anstalten fehlt eben jedes Training ...«

»Sagen Sie mir lieber, ob Sie meine Lizenz wieder verlängern!«

Er lacht nur, während er mir aus dem Untersuchungsstuhl hilft.

Kai Riedemann

Die Geschichte von Frederike und ihren Gedichten

Kai Riedemann, *geb. 1957 in Elmshorn.*
Nach dem Abitur Studium der Germanistik und Allgemeinen Sprachwissenschaft an der Universität Hamburg.
Erste »professionelle« Veröffentlichung 1977 im Heyne SF-Story-Reader.
Seitdem rund ein Dutzend weitere Kurzgeschichten für verschiedene Anthologien.
Seit 1982 regelmäßige Cartoon-Rubrik in einer Lokalzeitung.
Außerdem eine literaturwissenschaftliche Arbeit über die Symbolik in Karl Mays »Winnetou 4. Teil« (bei der Karl May-Gesellschaft).
Zur Zeit sind bei verschiedenen Verlagen Anthologien mit einigen Stories von Kai Riedemann in Vorbereitung.

Liebe Zuhörer, die Geschichte, die ich Ihnen heute mitgebracht habe, beginnt an einem für die Jahreszeit viel zu kühlen Donnerstag des Jahres 2003. Genauer gesagt: am 19. Juni. Schauplatz der Handlung ist die Hansestadt Hamburg, das Tor zur Welt, idyllisch gelegen an Alster und Elbe. Und im Mittelpunkt wird eine Frau stehen: Frederike Anderson, die wir im Verlaufe der folgenden Ereignisse noch etwas näher kennenlernen werden.

Am Anfang dieser Geschichte steht übrigens ein Brief. Ein offizieller behördlicher Brief im charakteristischen grau-blauen Umschlag, der an jenem 19. Juni zwischen Werbeprospekten und Rechnungen im Briefkasten der Frederike Anderson steckte. Da diesem Schreiben noch eine nicht gerade geringe Bedeutung zukommen wird, wollen wir kurz einen Blick hineinwerfen:

Wie würde Frederike Anderson auf diesen behördlichen Bescheid reagieren? Schließlich hängt vieles von der Bewilligung einer solchen Lizenz ab: Dichtet man ohne sie, gerät man bekanntlich leicht in den Verdacht staatsfeindlicher literarischer Umtriebe.

Glücklicherweise aber war sie an jenem Donnerstagmorgen nicht allein, denn Jonathan war bei ihr. Jonathan, ein Freund, der ihr schon mehr als einmal aus der Klemme geholfen hatte, wenn sie in ihrem Idealismus einen winzigen Schritt zu weit gegangen war.

FREIE UND HANSESTADT HAMBURG
BEHÖRDE FÜR MEDIEN, BILDUNG UND KULTUR
ABTEILUNG LITERATUR

Datum 18.06.2003
Auskunft erteilt Frau Müller-Lüdenscheid
Zi-Nr. 564
Durchwahlnummer (040) 4123 / 482

Herrn/Frau

Frederike Anderson
Fischer-Appelt-Allee 124

2000 Hamburg 50

Ihr Antrag vom 19.12.2002
Antragsnummer HH 60012 (Bei Anfragen bitte angeben)

Sehr geehrte(r) Herr/Frau Anderson

Wir beziehen uns auf unseren vorläufigen Bescheid vom 13.04.2003 über die Erteilung einer Lizenz zur Herstellung und Verbreitung von literarischen Texten.
In dieser Angelegenheit ergeht folgender Bescheid:

I. Entscheidung

Auf ihren Antrag vom 19.12.02 kann Ihnen eine Lizenz zur Herstellung und Verbreitung von literarischen Texten nicht erteilt werden.

II. Begründung

Nach § 1 Nr.19 in Verbindung mit § 4 Abs.2 Ziff.2b der Verordnung zur Durchführung des § 11 Abs.3 des Landeskulturgesetzes (LKG) können Lizenzen zur Herstellung und Verbreitung von literarischen Texten nur dann erteilt werden, wenn im Sinne des Landeskulturgesetzes (LKG) keine Bedenken gegen den/die Antragsteller/in bezüglich Mißbrauchs der zu erteilenden Lizenz bestehen.
Nach Rückfragen im Bundeszentralarchiv Berlin/West muß aufgrund der durch § 3 Abs.4 Datenschutzgesetz (DSG) freigegebenen Daten davon ausgegangen werden, daß diese Voraussetzungen im vorliegenden Fall nicht gegeben sind.

III. Rechtsbehelfsbelehrung

Gegen diesen Bescheid kann innerhalb eines Monats nach seiner Bekanntgabe entweder Widerspruch oder unmittelbar Klage erhoben werden. Der Widerspruch ist schriftlich oder zur Niederschrift bei der obengenannten Behörde, die Klage bei dem Kulturgericht in 2000 Hamburg 19, Lindenallee 40 schriftlich oder zur Niederschrift des Urkundsbeamten der Geschäftsstelle zu erheben. Die Frist gilt auch dann als gewahrt, wenn die Widerspruchs- oder Klageschrift bei einer anderen inländischen Behörde oder bei einer deutschen Konsularbehörde eingegangen ist.

Im Auftrage v. Thiedemann

(von Thiedemann)

Die folgende Szene spielt sich in der Wohnung der Frederike an eben jenem Tag ab. Anwesend waren neben der Frau selbst nur Jonathan und Frederikes Katze namens Hemingway. Gesprächsthema: selbstverständlich der bewußte Brief!

»Was«, fragte Jonathan, »hast du eigentlich ertwartet? Daß sie dich mit offenen Armen im Lit-Kreis willkommen heißen?«

Frederike verzichtete auf eine Antwort und faltete den offiziellen Bescheid der Behörde zu einem Papierflugzeug.

»Letzter Aufruf für die Passagiere des Lufthansa-Fluges 663 nach Washington!« gab sie bekannt. Dann segelte der Papierflieger durch das Zimmer, dicht an Jonathans wirrem Haar vorbei und bohrte sich schließlich mit der Spitze zwischen die Tasten der alten Schreibmaschine.

Frederike stand auf, stieg über Bücherstapel, zerknülltes Papier und die Teller und Tassen vom gestrigen Abend hinweg zum Fenster.

»Symbolik!« sagte sie schlicht. »Siehst du nicht die Symbolik in diesem Flug?« Und sie breitete die Arme aus, lachte. Jonathan lachte nicht.

»Sei nicht kindisch. Du bist mal wieder auf dcm besten Wege, dich lächerlich zu machen. Und das alles nur wegen ein paar Gedichten.«

Die Frau vergrub kurzentschlossen eine Hand in ihrem dichten Haar, ließ die Glöckchen, die sie an einer Lederkette um den Hals trug, leise klingen und drehte sich dann um.

»Ja, ich bin kindisch, Jonathan«, sagte sie, »aber weißt du auch, warum? Weil ich einfach frei sein will und schreiben möchte. Und weil jeder Mensch das Recht haben sollte, seine Gedanken aufzuschreiben und anderen mitzuteilen. Wenn du das als lächerlich bezeichnest, stimme ich dir durchaus zu: ich bin kindisch und mache mich lächerlich.«

Irgendwo in einem hinteren Winkel des Zimmers schnurrte die Katze. Frederike rief, aber sie kam nicht. Also setzte Frederike sich einfach wieder auf den Boden, stützte den Kopf auf beide Hände und sah Jonathan an. Der schüttelte nur den Kopf.

»Typisch Frederike«, sagte er dann, »wenn mal jemand anderer Meinung ist als du, wirst du gleich aggressiv. Aber mach nur weiter so, du wirst schon sehen, was du davon hast. Über kurz oder lang kriegst du jedenfalls Ärger mit der Polizei.«

»Hab' ich schon gehabt«, meinte Frederike. Sie dachte an den gemeinsamen Abend in der Pizzeria, als sie begonnen hatte, aus ihrer ersten Erzählung vorzulesen. So laut, daß die Gäste an den Nebentischen jedes Wort verstehen konnten und schließlich die Polizei gekommen war, um sie zu verwarnen. Sie hatte Fragen beantworten müssen, und spätestens seit jenem Abend war sie aktenkundig, wie Jonathan es so schön ausdrückte. Das alles war schon über ein Jahr her, und es war der erste, aber nicht der letzte ernsthaftere Zwischenfall dieser Art gewesen.

Jonathan zeigte sich wenig beeindruckt.

»Stell dich nicht dümmer als du bist«, wies er sie zurecht, »schließlich ist dies nicht die richtige Zeit für Idealismus. Sei vernünftig, vergiß das alles, sonst setzt du auch noch deinen Job bei der Volkshochschule aufs Spiel. Den hast du sowieso nur noch, weil ich bei der Vergabe der Lehraufträge ein kleines Wörtchen mitzureden habe.«

Frederike machte Gebraucht von ihrer schauspielerischen Ausbildung und tat so, als wäre Jonathan Luft für sie. Die Katze kam jetzt, sie umschlich leise schnurrend die Frau und sprang dann mit einem geschmeidigen Satz auf Frederikes Schulter.

»Hemingway!« rief Frederike. »Laß das!« Aber die Katze, die amtlich mit der Registriernummer HH-7591-B geführt wurde und nicht unter dem Namen eines amerikanischen Schriftstellers, schnurrte nur um so behaglicher und krallte sich fest. Frederike ließ sich nach hinten fallen, blieb langausgestreckt zwischen aufgeschlagenen Büchern und engbetippten Manuskriptseiten liegen, während Hemingway begann, mit Frederikes Lederhalskette zu spielen.

»Von mir aus mach, was du für richtig hältst«, sagte Jonathan mitten hinein in diese Szene, »aber rechne nicht damit, daß ich dir noch einmal helfe. Du bist alt genug, und wenn du nie erwachsen wirst, ist das nicht meine Schuld.« Er stand auf, nahm seinen schwarzen Aktenkoffer vom Schreibtisch und ging ohne ein weiteres Wort.

Soweit, liebe Zuhörer, also der erste Blick in das Leben der Frederike Anderson. Aber unsere Geschichte geht ja noch weiter. Denn nachdem Jonathan gegangen war, beschloß Frederike, ihre momentane Stimmung in Form eines Gedichts zu Papier zu bringen. Sie fühlte sich irgendwie hilflos und alleingelassen, und so spielte das Gedicht bezeichnenderweise auch in einer U-Bahn-Station:

hast du angst
fragt die wand
so allein jetzt und klein
zwischen weißen fliesen
und diesen ewigen neonwiesen
oder was
auch immer dich schützt
vor dem leben
vielleicht einfach warten
in der erstarrten zeit

und im takt deiner schritte
zurückbleiben bitte
vielleicht
einfach lachen
und nicht mehr erwachen
aus diesem traum
unter der decke
unter der alster
im versteinerten licht

Für den Moment gab sie sich mit diesem Fragment zufrieden, auch wenn das natürlich noch lange kein fertiges Gedicht war und sie weiter darüber nachdenken mußte. Außerdem merkte sie plötzlich, daß ihr dieses Gedicht merkwürdig deprimierend geraten war; ausgerechnet ihr, die doch sonst eher kritische und aufrüttelnde Texte zu schreiben pflegte. Also fügte sie noch ein zweites Gedicht hinzu, wobei sie lediglich ein älteres etwas umformulierte:

Ich kann mein Leben
nicht fristlos entlassen.
Ich schulde ihm noch
meine Träume.

Schließlich machte sie sich auf den Weg zur Volkshochschule, wo sie schon seit einiger Zeit verschiedene Kurse betreute, und im Anschluß an die letzte Unterrichtsstunde des Tages spielte sich auch folgende Szene ab, die direkt an unsere erste anknüpft. Außer Frederike Anderson war nur noch eine Person beteiligt: Gundula Vogel, eine Freundin, die ebenfalls ab und zu lizenzlos dichtete.

»Willst du Widerspruch einlegen?« fragte Gundula.

»Aber klar.« Fredericke lachte. »Ich hab' schließlich

sowieso nicht damit gerechnet, daß man mir die Lizenz auf Anhieb erteilt. Dafür bin ich bei denen viel zu bekannt.«

Sie erschreckte mit ihrer Fahrradklingel eine elegant gekleidete Dame, die sich gerade mitten auf dem Bürgersteig den großen Hut zurechtrückte. Ohne deren Wutausbruch zu beachten, schob Frederike ihr Fahrrad weiter durch den Hamburger Feierabendtrubel eines Juni-Donnerstags. Links und rechts am Lenker hingen prallgefüllte Taschen, Tüten und Körbe, in denen sie die Unterlagen für die Volkhochschulkurse, Manuskripte, verschiedene Zettel und ähnliches verstaut hatte. Irgendwo dazwischen hatte auch jener Brief seinen Platz gefunden, den sie am Morgen erhalten hatte und über den Jonathan und Gundula mehr beunruhigt zu sein schienen als sie selbst.

»Wie ich dich kenne, wirst du dir noch irgend etwas Besonderes einfallen lassen, was?« hakte Gundula nach. Sie lächelte, und die Grübchen auf ihren Wangen gaben den Worten einen leichten Stich ins Ironische – der auch durchaus beabsichtigt war.

»Ich werde mich mit der Ablehnung nicht einfach abfinden; so bescheuert bin ich nicht.« Sie tippte sich an die Stirn. »Und du hast recht: ich werde mir etwas einfallen lassen, das genug Aufsehen erregt, um mich bekannt zu machen. Dann können sie mich nicht mehr einfach ignorieren.«

»An deiner Stelle würde ich froh sein, daß sie dich ignorieren. Denk an Frank. Der hat eine seiner Geschichten einer Untergrundzeitschrift zur Verfügung gestellt und ist sofort verhaftet worden. Soweit ich weiß, sitzt er immer noch in Untersuchungshaft.« Gundula machte eine wirkungsvolle Pause. »Sieh mal, Frederike, du darfst die da oben nicht unterschätzen. Es geht schließlich ums Prinzip. Aber wahrscheinlich hast du ungeheure Ambitionen, als Märtyrerin in die Geschichte der deutschen Literatur einzugehen, oder?«

Frederike antwortete nicht. Sie dachte nach und blieb prompt mit ihren Taschen an einem Laternenpfahl hängen. Fluchend brachte sie ihr Fahrrad wieder ins Gleichgewicht, blickte Gundula unsicher an und zuckte schließlich nur mit den Schultern.

»Vielleicht bin ich verrückt. Wahrscheinlich sogar. Aber ich möchte einfach irgend etwas in der Öffentlichkeit machen. Weißt du, ich habe dann doch die Menschen auf meiner Seite. Auch wenn es dieses dumme Verbot gibt – was wollen sie schon mit mir machen? Mich verjagen? Gut, aber dann habe ich wenigstens ein Zeichen gesetzt und den Namen Frederike Anderson bekannt gemacht.«

Gundula lachte. Sie zersauste geschickt ihr kurzes dunkles Haar, packte Frederike dann am Arm.

»Dreh dich mal um!« sagte sie. »Siehst du was?«

Fredericke nickte: »Hamburg.«

»Richtig. Aber sieh dir die Menschen mal genauer an. Bist du sicher, daß da nicht irgendwo jemand dazwischen ist, der jeden deiner Schritte beobachtet? ›Die Straße hat Augen.‹ – Der Ausspruch stammt doch von dir, oder?«

»Meine liebe Gundula, glaubst du etwa im Ernst, daß die nichts anderes zu tun haben, als sich um jede kleine harmlose Dichterin zu kümmern?«

Unwillig wandte sie sich um und trat wieder in die Pedale. Bis nach Altona hatte sie noch ein gutes Stück vor sich, und sie fuhr ungern mitten in diesem hektischen Feierabendverkehr. Wütend klingelnd bahnte sie sich einen Weg durch die Menge.

»Ich werde morgen etwas unternehmen!« sagte sie schließlich. »Und wenn du mir nicht helfen willst, mache ich es eben allein. Vielleicht eine Lesung oder so etwas. Jedenfalls habe ich keine Lust mehr, mich zu verstecken. Die Menschen müssen begreifen, daß Schreiben eigentlich eine Selbstverständlichkeit sein sollte. Für jeden. Und für seine Überzeugung muß man öffentlich eintreten.«

Gundula seufzte.

»Also gut, gegen deinen Dickkopf kommt man sowieso nicht an. Ich wünsche dir jedenfalls viel Glück. Und ich fürchte, du wirst es auch brauchen.«

Sie blieben stehen, denn Gundula würde den Rest des Heimwegs mit der U-Bahn fahren. Eigentlich hätte Frederike noch eine Menge zu sagen gehabt, aber sie spürte, daß ihre Freundin an diesem Abend nicht zu einem weiteren Gespräch über dieses Thema bereit war.

Vermutlich glaubte Gundula, daß ihre Pläne nichts weiter waren als kurzlebige Hirngespinste, die sich von selbst erledigen würden. Frederike wußte, daß das nicht stimmte.

Der Abschied fiel an diesem Abend kühler aus als sonst. Frederike schaute Gundula noch eine Weile nach, bis sie sich in der Menschenmenge verlor, die auf die Rolltreppe zum U-Bahnsteig drängte.

Frederike war allein. Sie drehte sich um, suchte aufmerksam die Straße, die Häuser, die vorbeifahrenden Autos ab, aber es wollte ihr nichts Verdächtiges auffallen.

Währenddessen saß in einem anderen Stadtteil Jonathan an der Schreibmaschine und tippte an dem dritten Kapitel seines neuen Romans. Er war in Zeitdruck, da er laut offiziellem Vertrag übermorgen fertig sein mußte. Er hatte übrigens spontan beschlossen, Frederike und ihre Probleme in sein Werk einzubauen, um ihr auf diese Weise eine kleine Freude machen zu können. Er hatte dazu extra eine neue Verfolgungs- und Kampfszene in sein Romanexposé aufgenommen. Seine Schreiblizenz hatte er bereits seit mehreren Jahren, und er galt als ausgesprochen guter und zuverlässiger Autor. Da er in den folgenden Ereignissen noch eine nicht unbedeutende Rolle spielen wird, schauen wir ihm einfach mal kurz über die Schulter:

Der Schuß war aus einem der verfallenen Gebäude auf der anderen Straßenseite gekommen und hatte sie nur knapp verfehlt. Frederike wurde fahl, ihr violettes Gesicht mit den Augen von der Farbe kristallklarer Bergseen verzog sich vor ängstlicher Erregung, ihr Herzschlag setzte für den Bruchteil einer Ewigkeit aus. Sie war allein in dieser Welt der schwarzen Trümmer, der verblaßten Neonreklamen und leeren Fensterhöhlen. Sie war auf sich allein gestellt, weil es niemanden mehr gab, der ihr helfen konnte, und plötzlich machte sich ein Gefühl von Verlorenheit und Unendlichkeit in ihrem Herzen breit.

Nur ein Schuß. Also keine Maschinenpistole, schoß es Frederike durch den Kopf. Das ließ ihre Chancen ein wenig steigen. In der Deckung eines ausgebrannten Gleiterwracks zog sie ihre eigene Automatik unter dem wollenen Umhang hervor, der sich schützend um die sanften Kurven ihres zarten violetten Körpers schmiegte. Ihr weiches Haar fiel federnd auf die runden zitternden Schultern, als sie zur anderen Straßenseite spähte.

Die letzten Strahlen der untergehenden Abendsonne warfen tanzende Schatten über die Trümmer der einstmals blühenden Stadt, spiegelten sich in den zersplitterten Scheiben der Betongiganten. Irgendwo dort drüben mußte der Fremde sein; es galt nur noch, ihn aus der Reserve zu locken.

Frederike zog den Umhang fester um ihren nackten Körper, sog noch einmal tief die rauchgeschwängerte Luft dieses tödlichen Tagesendes ein, dann sprang sie blitzartig auf, hechtete über das brüchige Pflaster der Straße. Wieder bellte ein Schuß auf, schlug nur wenige Millimeter hinter dem Mädchen in die Betonplatten. Frederike sah das Mündungsfeuer, für Sekundenbruchteile den Schatten im Fenster, riß die Hand mit der Waffe hoch, jene zierliche Hand, die sonst so unendlich zärtlich sein konnte, und noch ehe das Echo des ersten Schusses verklungen war, jagte die Kugel aus ihrer Automatik dem Heckenschützen mitten ins Herz.

Frederike blieb keuchend stehen. Der Kloß in ihrem Hals wollte sich in Tränen auflösen, aber noch war die Gefahr nicht vorbei, das spürte sie deutlich. Der Klang der Schüsse war in der ganzen Stadt zu hören gewesen, und sie würden kommen. Sie, die Boten des Todes in dieser Welt des Nichts. Vielleicht blieben ihr nur noch ein paar Minuten, oder sogar nur Sekunden, um die sichere Deckung der alten U-Bahnstation zu erreichen.

Frederike hastete vorwärts, warf keine Blicke mehr nach links oder rechts. Ihre violetten Hände waren unter dem Umhang zu Fäusten geballt, ihre kristallblauen Augen weit aufgerissen. Noch ein paar Meter.

Dann war da plötzlich der Mann an der Straßenecke. Er trug die schwarze Uniform der Antis, hatte eine Zigarette zwischen den gelben Zähnen, die MP im Arm. Langsam schwenkte der Lauf der automatischen Bleiorgel in ihre Richtung. Der Anti lächelte, sein kahlgeschorener Kopf reflektierte noch einmal die Strahlen der untergehenden Sonne, dann krümmte sich sein Finger um den Abzug ...

So, das reicht wohl erst einmal. Wir werden später noch auf Jonathan und seinen neuen Roman zurückkommen müssen.

Inzwischen war in Hamburg der nächste Tag angebrochen: ein Freitag, nicht ganz so kühl wie der Donnerstag und für Unternehmungen aller Art sehr geeignet.

Frederike hatte sich zu einem Plan durchgerungen, der wahrscheinlich weder in Jonathan noch in Gundula übermäßige Begeisterung hervorgerufen hätte. Aber die beiden wußten von nichts, und Frederike hatte auch nicht die Absicht, sie jetzt noch einzuweihen. Schließlich war sie stets stolz darauf gewesen, allein zurechtzukommen, und mit ihrem Plan wollte sie diese Fähigkeit erneut unter Beweis stellen.

Sie hatte sich schon am frühen Morgen einen kleinen Einheits-Container aus Plastik geborgt – von einem Bekannten, dem sie etwas von Aufräumen und Entrümpelung erzählen mußte. Dann hatte sie ihre gesammelten Gedichte zusammengepackt, jede Menge leeres Papier, Stifte, eine Thermoskanne mit Rosentee und ein paar Butterbrote.

Mit all diesen Dingen, liebe Zuhörer, war sie gegen Mittag in Richtung Gerhart-Hauptmann-Platz aufgebrochen, um dort das einzurichten, wovon sie schon immer insgeheim geträumt hatte: einen Gedichtladen.

Bei wechselnder Bewölkung und mäßigem Sonnenschein saß sie also dann mitten auf dem Platz in einem kleinen Plastik-Container, neben sich ein großes Schild, auf dem in roten Buchstaben stand: »Gedichtladen! Texte meiner Art für jedermann und jederfrau!«

Sicherlich sind Sie schon gespannt, wie es Frederike bei ihrer ungewöhnlichen Aktion erging. Nun, genau das erfahren Sie in der nächsten kleinen Szene:

»Da steht mein Gedicht,
den Daumen im Wind.
Vielleicht
habt ihr den gleichen Weg?«

Frederike rief ihr eigenes Gedicht laut und deutlich über den ganzen Platz, aber die Menschen gingen trotz allem andere Wege. Ab und zu ein Blick. Ein unsicheres Lächeln. Ansonsten Schweigen. Nur aus dem nahen Kaufhaus klang optimistische Musik herüber.

Sie wußte selbst nicht genau, was sie eigentlich erwartet hatte. Im kleineren Kreis, unter Freunden und Bekannten, hatte sie es ab und zu schon mal gewagt, ihre Texte vorzulesen, aber hier, gewissermaßen im Mittelpunkt der Öffentlichkeit, zwischen den geschäftig vorbeihastenden Menschenmassen, war es etwas völlig anderes. Sie fragte sich, ob ihre Entscheidung richtig gewesen war, aber schließlich nahm sie doch nur einen weiteren Gedichtzettel aus ihrem Korb und las:

»Ein Teil von dir,
nicht wertvoll
und doch unbezahlbar,
nicht einzig
und doch unvergleichbar.
Ein kleines Geschenk
aus deinen Gedanken,
aus deinem Ich –
ein Wort.«

Es waren harmlose Gedichte, die sie ausgewählt hatte. Sie wollte auffallen, nicht provozieren. Dazu fehlte ihr trotz allem doch der Mut. Und sie wollte in erster Linie die Menschen für ihre Ideen begeistern.

»Gedichte!« rief sie. »Wer möchte Gedichte?«

Ihre Frage hallte weit über den Platz, denn es war ungewöhnlich still geworden. Der Motorenlärm war fern in diesem ausschließlich den Fußgängern vorbehaltenen Einkaufsviertel, die Menschen schienen jedes unnütze Wort, jeden unnützen Laut zu vermeiden, und so war da nur die Musik aus dem Kaufhaus und ab und zu der Schrei einer Möwe über der nahen Alster. Frederike wagte kaum, einen neuen Zettel aus ihrem Korb zu nehmen. Ihr schien, als müßte das Rascheln des Papiers über den ganzen Platz zu hören sein.

»Gedichte!« rief sie wieder. »Wer möchte Gedichte?«

Irgendwo in der Menschenmenge riß sich ein Kind von der Hand der Mutter los, ein kleines Mädchen im blaßrosa Kleid. Es kam auf Frederike zu, achtete nicht auf das Rufen der Mutter. Und es lachte.

Dann stand es neben ihr. »Hallo!« sagte Frederike und fragte: »Möchtest du ein Gedicht?«

Das Mädchen nickte, spielte mit den langen roten Zöpfen. Ob das Kind überhaupt schon lesen konnte, war in diesem Moment so nebensächlich und unwichtig, daß Frederike feierlich einen kleinen handbeschriebenen Zettel aus ihrem Korb fischte und ihm dem Mädchen überreichte.

Inzwischen war auch ein älteres Ehepaar stehengeblieben, er in einem langen, für die Jahreszeit viel zu dicken Mantel, sie mit einem hellen, fast weißen Hut auf dem Kopf. Sie standen nur da, und ihre Blicke wanderten zwischen der Frau in dem gelben Plastik-Container und dem kleinen Mädchen hin und her. Frederike wollte etwas sagen, aber ihr fiel nichts ein. So ließ sie nur die Glöckchen an ihrer Halskette klingen und rief weiter:

»Gedichte! Wer möchte Gedichte?«

Schließlich suchte sie sich ein drittes Gedicht heraus und las:

»Da stehst du nun
auf deiner Insel,
und du schreist
um Hilfe.
Ist niemand da,
dich zu hören?
Ist niemand da,
dich zu holen?
Mir scheint, du wirst wohl
schwimmen lernen müssen.«

Als sie wieder von ihrem Zettel aufsah, hatte sich einiges verändert. Neben dem älteren Ehepaar waren weitere Menschen stehengeblieben, hatten einen Kreis um sie herum gebildet, starrten sie an und doch irgendwie vorbei. Da war Interesse in ihren Gesichtern, aber auch Unsicherheit und eine Vielzahl von Fragen. Und es blieb still. Man schwieg.

Frederike fragte sich, warum sie sich plötzlich noch verlorener fühlte als vorhin, als sie wirklich allein gewesen war, als sie gehofft hatte, die Menschen könnten stehenbleiben, um ihr zuzuhören. Jetzt waren sie da, niemand sagte ein Wort, und Frederike hätte am liebsten einfach die Augen geschlossen. Aber sie ließ nur wieder ihre Glöckchen klingen, versuchte ein scheues Lächeln.

Sie überlegte, welches ihrer zahlreichen Gedichte jetzt passend wäre, welches vielleicht die Stille durchbrechen könnte, aber das laute Ticken ihrer Armbanduhr störte immer wieder die Gedanken. Schließlich suchte sie in ihrem Korb nach einem bestimmten Text, suchte und fand, blickte noch einmal kurz auf, wollte schon mit dem Lesen beginnen, da hörte sie die Polizeisirene in der Ferne.

»Klage einer Angebeteten!« rief sie dennoch der Menge den Titel ihres Gedichts zu.

»Du willst mir den Mond
zu Füßen legen,
ein Schloß in den Wolken
bauen …«

Ihre Stimmte drohte, in dem auf- und abschwellenden Klang der Sirene und den hastigen Schritten der Menschen unterzugehen. Aber sie sah nicht auf von ihrem Zettel, las lauter, versuchte, alles zu übertönen:

»… einen Regenbogen
fangen.
Bleibt wohl für mich
mal wieder
die Hausarbeit.«

Dann warf sie das handbeschriebene Stück Papier in die Luft, blickte sich um. Sie war wieder allein. Das Mädchen mit dem blaßrosa Kleid, das Mädchen, das direkt neben ihr gestanden hatte, war verschwunden, an der Hand der Mutter in die Menge gezogen, auch das ältere Ehepaar war nicht mehr zu sehen, und die Menschen hielten sich an ihren weißen Plastiktüten fest und strebten weiter. Fort. Nur fort.

Frederike saß still da in ihrem gelben Plastik-Container, hatte jetzt tatsächlich die Augen geschlossen, hörte das Motorengeräusch der sich nähernden Wagen, das Klappern der Türen, die Stimmen der Männer, und so stand sie auf und packte ihre Gedichte zusammen.

Ein Mann in Zivil kam auf sie zu, links und rechts flankiert von uniformierten Beamten. Mit einer einfachen Handbewegung deutete er auf eines der weiß-grünen Polizeifahrzeuge. Er sagte nichts, sah sie nur an.

Frederike blickte an ihm vorbei auf den Gerhart-Hauptmann-Platz. Aber der war leer. Selbst die Musik aus dem nahen Kaufhaus schien verstummt zu sein, und nur noch das Schreien der Alstermöwen in der Ferne war zu hören.

Also nahm sie ihre Papierstapel unter den Arm und folgte dem Mann in Zivil zu den wartenden Wagen.

Ja, liebe Zuhörer, es sah also nicht besonders rosig aus für Frederike Anderson. Man hatte sie verhaftet, gewissermaßen auf frischer Tat ertappt, und die große Frage war jetzt, was man mit ihr vorhatte. Sie war zwar nicht das erste Mal von der Polizei festgenommen oder verwarnt worden, aber diesmal war sie möglicherweise einen Schritt zu weit gegangen.

Würde Jonathan ihr vielleicht helfen können? Er hatte schließlich bemerkenswert gute Beziehungen zu gewissen einflußreichen Kreisen. Aber zu jenem Zeitpunkt wußte er ja noch gar nichts von den waghalsigen Unternehmungen seiner Freundin. Und die wurde inzwischen von den Beamten …

Wie bitte?

Meine Lizenz?

Ja, natürlich, warten Sie mal … ich glaube …

Irgendwo … irgendwo …

Also, wissen Sie, Sie bringen mich da direkt in Verlegenheit. Ich stehe hier doch nur so herum und erzähle eine einfache Geschichte.

Ja doch. Eine einfache Geschichte. Nichts Literarisches … Nur eine Geschichte.

Wie bitte?

Na gut, wenn es denn unbedingt sein muß.

Aber kann ich nicht wenigstens noch …

Eike Barmeyer

Brainstorming

Eike Barmeyer, *1939 in Bielefeld geboren, freiberuflicher Fernsehjournalist und Filmemacher. Mit einer Lehrerin verheiratet, zwei Kinder.*
»Ich lebe seit zwanzig Jahren in München. Hier habe ich auch studiert. (1967 Promotion in Philosophie, obwohl ich nach dem Abitur eigentlich Astrophysiker werden wollte.) Während meines Studiums begann ich als Journalist zu arbeiten, vor allem über literarische und pädagogische Themen. Außer Philosophie habe ich Germanistik und Psychologie studiert. Vor zehn Jahren entdeckte ich den Spaß am Geschichtenschreiben: als Drehbuchautor bei zwei Kinofilmen (ein Krimi, eine Komödie, beide wohl zu Recht der Vergessenheit anheimgefallen) und Fernsehserien (u. a. Lokalseite *und* Onkel Bräsig). *In den beiden vergangenen Jahren habe ich hauptsächlich Dokumentarfilme über Kinder und Jugendliche gedreht. Als Schüler war ich SF-Fan, später habe ich mich mit Science Fiction nur noch sehr wählerisch und kritisch beschäftigt. Einige meiner Favoriten im Bereich der phantastischen Literatur: E. T. A. Hoffmann, Borges, Lem, die Strugatzkis, Aldiss, Brunner, Ballard, Sheckley, Le Guin, Vonnegut, Stephen King. 1972 habe ich die Essaysammlung* Science Fiction, Theorie und Geschichte *(Uni Taschenbuch 132, Wilhelm Fink Verlag) herausgegeben und später ab und zu theoretisch über SF geschrieben. ›Brainstorming‹ ist meine vierte SF-Story. Am liebsten schreibe ich komische oder satirische Geschichten.«*

Eike Barmeyer ist Träger des Robert Sheckley-Preises 1983.

Dann wurden die Fernsehsender abgeschafft.

Natürlich war da einiges vorausgegangen. Zum Beispiel das folgende Fernsehinterview mit Leuten, die den ersten Brainstorming-Helm ausprobiert hatten:

Interviewerin: Und was halten Sie von dieser neuen Erfindung?

1. Frau: Phantastisch. Man ist ein völlig anderer Mensch. Ich meine, man ist total da. Sinnlich. Wahnsinnig sinnlich.

1. Mann: Eine üble Erfindung.

1. Frau: Phantastisch. Ich war Barbara die Ballettratte. Mein Gott. Ich glaube fast, ich bin es immer noch. Dies Gefühl, zu schweben! Als wär ich zwanzig und hätte kein bißchen Übergewicht.

1. Mann: Eine üble Erfindung.

(Dieser Mann, der sich schon wieder ungefragt einmischt, ist übrigens Charlies Onkel Max. Charlie war damals allerdings noch gar nicht geboren.)

Interviewerin: Wie würden Sie das Erlebnis unter dem Helm beschreiben? Ist es so ähnlich wie Fernsehen?

2. Mann: Gar nicht zu vergleichen. Wenn Sie einmal unter dem Helm gesessen haben, dann schmeißen Sie Ihren Fernseher auf den Müll. Ich bin nämlich ein leidenschaftlicher Esser. (Er rülpst.) Entschuldigung. Aber es hat paradiesisch geschmeckt.

Interviewerin: Geschmeckt? Was hat geschmeckt?

2. Mann: Eigentlich das ganze Menü. Zwölf Gänge. Wissen Sie, unter dem Helm war ich Barney der Feinschmecker. Austernschneckenhummertaubenspanferkel. Könnt ich mir in Wirklichkeit gar nicht leisten. Geldmäßig nicht. Und gesundheitsmäßig schon gar nicht.

Interviewerin: Und Sie hatten wirklich das Gefühl, Sie würden das alles selbst essen? Sie waren doch nur eine Minute unter dem Helm.

2. Mann: Keine Ahnung, wie das funktioniert. Aber es war völlig echt. Ein Spitzenerlebnis. Dieser Barney, den man da eingespeichert hat, das muß ein Feinschmeckergenie sein.

Interviewerin: Immerhin gibt es auch im Fernsehen ein paar sehr appetitliche Sendungen zum Thema Essen.

2. Mann: Aber nicht mehr lange. Von heute an ist Euer Fernsehen nur noch kalter Kaffee. Kalter Ersatzkaffee. An Ihrer Stelle würde ich mich schon mal nach einem neuen Job umsehen.

Interviewerin: Bleiben wir lieber bei Ihrem Spitzenerlebnis unter diesem Helm. Eigentlich sind das doch gar nicht Ihre eigenen Sinnesorgane, mit denen Sie das alles erleben. Stört Sie das nicht?

2. Frau: Aber im Gegenteil. Endlich können wir alle teilhaben an den Gefühlen tief empfindender Menschen. Ich spreche jetzt nicht von diesem Feinschmekker – das halte ich für pervers. Was ich meine, ist zum Beispiel ein Erlebnis mit Linda der Mystikerin. Eine wirklich tief empfindende Persönlichkeit.

Interviewerin: Aber auch nur elektronisch gespeichert. Das sollten wir bei aller Begeisterung doch einmal festhalten.

1. Mann (Onkel Max): Eine ganz üble Erfindung ist das.

Ja, und irgendwann wurden dann die Fernsehsender abgeschafft. Die Fernseher natürlich auch. Da kam eine ganze Menge Schrott zusammen.

Fernsehen gab es nur noch bei der staatlichen Verwaltung (ein bißchen die Leute überwachen), bei der Handhabung komplizierter technischer Einrichtungen (ein bißchen die schnellen Brüter überwachen), und beim Telefonieren mit Bild von Haus zu Haus (»Ich muß jetzt Schluß machen, Charlie. Ich mach noch schnell 'nen Rutsch unterm Helm.«). Das Telefonieren mit Bild war teuer. Charlie und Lydia hatten den Apparat bald wieder abgeschafft. Obwohl Onkel Max deshalb zwei Tage lang beleidigt gewesen war.

Onkel Max wohnte schon seit drei Jahren bei ihnen. Als Tante Bettie eingeschläfert worden war, hatten sie ihm angeboten, zu ihnen zu ziehen. Der alte Krauter machte ihnen die Wohnung sauber, während sie arbeiteten. Lydia jobbte für fünfzig Credits pro Tag in einer Konzentratfabrik; Charlie hatte einen nicht viel besser bezahlten Job auf einer Chlorophyllstation. »Da hast du wenigstens was Grünes um dich, Charlie.«

»Du mußt dich mehr bewegen, Charlie. Sonst wirst du noch genau so ein Schwachlappen wie die anderen Typen.« Onkel Max meinte natürlich die Brainstorming-Fans. Ab und zu schaffte er es tatsächlich, Charlie mit nach draußen zu lotsen. »Charlie, wir können doch mal auf diesen kleinen Hügel steigen. Charlie, ich hätte heute Lust, Eichhörnchen zu fangen.« Spitzenerlebnisse waren das wirklich nicht, aber Onkel Max war ein lieber Kerl.

Wie gesagt, Onkel Max war nach dem Verschwinden des Bild-Telefons zwei Tage lang beleidigt gewesen. Denn er hatte es sich angewöhnt, jeden Morgen nach dem Frühstück (Eichhörnchenbraten) der Reihe nach bei Starco, Happico, Coco und der Regierung anzurufen, um den Leuten die Meinung zu sagen. »Man sollte euch diese Helme um die Ohren schlagen. Bevor ihr die Menschheit damit total ruiniert.« Die Leute von der Starco, der Happico, der Coco und der Regierung nahmen seine Meinung zur Kenntnis und kassierten weiter.

Das heißt: Die Regierung kassierte bei der Starco, der Happico und der Coco: Lizenzgebühren für die Auswertung der Brainstorming-Technologie. Und die drei Companies kassierten bei den Fans. Eine Minute Brainstorming-Happiness 10 Credits. 10 Minuten 90 Credits. Ein todsicheres Geschäft. Denn Brainstorming-Fan war eigentlich jeder. Mal abgesehen von solchen Fossilien wie Onkel Max. Onkel Max war nur Fußballfan. Aber es gab keine Fußballspieler mehr.

Wann fühlst du dich am wohlsten, Fan? Unterm Helm natürlich. Wann bist du voll da, du Schelm? Unterm Brainstorming-Helm. Da ist der Kleine groß und läßt den Teufel los. Rutsch einfach ab, mein Freund, und frag nicht wie: drück ein Programm, erleb dich als Genie. Alles Spitzenerlebnisse. Originalerlebt von den Erlebnisgenies unserer Zeit. Und unter dem Helm bist du voll dabei. Jawohl, genau du bist gemeint, du ganz persönlich.

Du bist nicht irgendwer, Charlie. Du bist Jack, der Fallschirmspringer. Du bist der Mann, der sich aus dem Flugzeug fallen läßt. Der sieht, wie ihm die Erde entgegenstürzt. Freier Fall. Du bist phantastisch, Charlie. Du bist der Mann, der das Gefühl von Freiheitglückangstmutstolz im Magen spürt, im Hals, in allen Gliedern. Das Rauschen der Luft. Du hörst es, Mann. Du schmeckst die kalte zusammengepreßte Luft in deinem Mund. Frei. Freier Fall. Dann das sanfte Schweben, wenn sich der Schirm geöffnet hat. Die Landung.

»Ich bin nicht irgendwer.« Charlie blinzelt, weil jemand seinen Arm berührt hat und ihn unter dem Helm hervorzuziehen versucht. Der Jemand ist grünbekittelt wie Charlie. »Verzeihung, daß ich dich anfasse«, sagt der Grünbekittelte und wird rot. Er ist einer von den Kumpels, die gleich schlottern, wenn man sie scharf anguckt. »Deine Minute ist rum, Charlie. Und die Mittagspause ist auch fast rum. Und ich würd auch gern noch mal unter den Helm.«

Der Helm schwenkte zurück und verpaßte Charlie dabei noch rasch eine kleine Injektion. Vorsichtshalber. Manche Fans klappten zusammen nach dem Brainstorming-Rutsch. Obwohl der Helm während der Reise alles fein unter Kontrolle hielt: Kreislauf, Blutdruck, Hormonausschüttung.

Charlie stand etwas benebelt auf. Der andere Fan schob sich eilig unter den Helm. Angenommen, Fans wie der würden sich mal wirklich aus dem Flugzeug fallen lassen. Jede Wette, die meisten würden schon nach ein paar Metern abschrammen. Streßschock. Bumm. Mausetot.

Charlie warf sich noch schnell eine Oblate rein. Manchmal konnte man damit die Erinnerung an den Rutsch mächtig wieder hochputschen. Hörensehenschmeckenfühlen. Sehr mäßig diesmal. Lag wohl an der Oblate.

Er hätte mit dem Rutsch bis zum Abend warten sollen. Eigentlich hatte er Lydia versprochen, abends einen Doppelhelm zu mieten, für einen erotischen Trip. Nach so cincm Doppclsolo konntcn sic sich gegenseitig viel besser ertragen. Doppelhelm: 50 Credits. Hast du doch gar nicht mehr, Charlievielversprecher.

Wenn Lydia sauer war, bekam sie immer eine ganz tiefe Stimme, wie Tom der Karatekämpfer. »Warum bist du denn schon wieder blank, Charlie?« Er hatte ihr bisher verschwiegen, daß er in jüngster Zeit auch schon mittags unter den Helm ging. Und daß er Schulden hatte. Kandidat müßte man sein.

»Vielleicht schlummert gerade in Ihnen der nächste Brainstorming-Hit. Wir von der Starco speichern ständig neue Spitzenerlebnisse. Kommen Sie zu Starco! Wir testen Sie. Vielleicht sind auch Sie ein Brainstorming-Kandidat. Die Starco zahlt Spitzenpreise.«

Die Happico auch. Und auch die Coco. Die machten sich gegenseitig schwer Konkurrenz. Entführten sich angeblich sogar gegenseitig die Kandidaten. Mord und Totschlag. Gerüchte. Angeblich gab es sogar illegale Companies. Mord und Totschlag als Programm unterm Helm. »Jonny der Frauenmörder.« Perversionen. Alles Gerüchte.

Kandidat müßte man sein, Charlie. Für das Geld könntest du dir einen Helm mit nach Hause nehmen. Sogar einen Doppelhelm. Bestimmt ein paar Wochen lang. Angeblich gab es sogar eine Helmmiete auf Lebenszeit. Angeblich war das aber auch sehr gefährlich. Die Companies lassen dich einfach umlegen. Bumm. Damit sie die teuren Helme vorzeitig zurückbekommen. Gerüchte.

Halt dich an die Tatsachen, Fan. Und das sind die wirklich realen Brainstorming-Tatsachen: Nicht wahr, Mickey? – Auch wenn du keine Beine mehr hast (hat dir ein automatischer Erntewagen auf der Chlorophyllstation abgequetscht), unterm Helm bist du der leichtfüßige Jogger Naut, der im Nes-Rausch die 1000-Meilen-Runde joggt. – Und du da drüben: auch wenn du in Wirklichkeit nur Nahrungskonzentrat löffelst, unterm Helm kannst du die volle Platte abgrasen. Rülps. Als Barney der Feinschmecker zum Beispiel.

Barney stand noch immer auf dem Programm. Obwohl der wirkliche Barney längst tot war. Auch Barbara die Ballettratte hatte noch immer ihre Fans. Obwohl es längst keine Ballettänzer mehr gab. Andere, wie Benjamin der Violinvirtuose oder Linda die Mystikerin, waren allerdings mangels Nachfrage längst aus dem Programm genommen worden. Aus. Gelöscht. Amen.

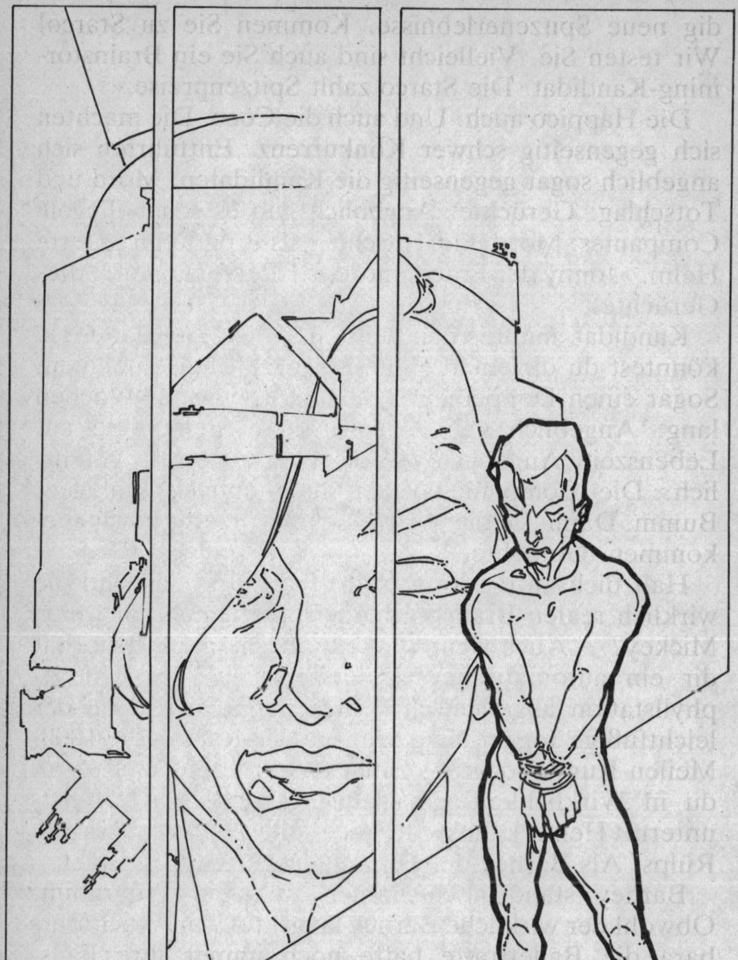

Unter dem Helm waren die Fans scharf auf extreme körperliche Anstrengungen: möglichst schwierig, möglichst gefährlich, möglichst schnell, möglichst hoch, tief, weit. Logisch, vielleicht auch unlogisch, denn in Wirklichkeit scheuten die meisten Fans jede größere Anstrengung. Fans bewegten sich nicht viel: von der Wohnung zum Arbeitsplatz (widerwillig), von der Wohnung zum nächsten Brainstorming-Center (freiwillig), von der Wohnung zum nächsten Muskeltrainingscamp (widerwillig).

Aus einem Memorandum des Gesundheitsministeriums:

1. Die besorgniserregende Zunahme von Kreislaufzusammenbrüchen und Ohnmachtsanfällen. Besonders häufig in größeren Gruppierungen von Personen, die einander fremd sind. Diese Streß- und Schockanfälligkeit (z. B. auch bei jeder ungewohnten körperlichen Belastung) erklärt sich eindeutig aus der Tatsache, daß Streßsituationen vom größten Teil der Bevölkerung nur noch unter dem Helm bewältigt werden. Da eine Reduzierung des Helmgebrauchs aus volkswirtschaftlichen Gründen undiskutabel ist, empfehlen wir, die Normdosis der streßhemmenden Nahrungsmittelzusätze angemessen zu erhöhen.

2. Die ebenso besorgniserregenden neurotischen und psychotischen Persönlichkeitsveränderungen bei den Helmbenutzern …

Es gab ein paar Dauerbrenner unter den Brainstorming-Hits. »Tom der Karatekämpfer« (von der Starco) zum Beispiel. Oder: »Moni die Tierbändigerin« (von der Happico). Oder auch: »Leo der Liebhaber« (von der Coco). Erotische Spitzenerlebnisse kosteten den fünffachen Minutenpreis. Eine Minute »Leo der Liebhaber« oder »Marie die Nymphe« glatte 50 Credits. Lydias Tageslohn.

Eine Minute »Marie die Nymphe«. Nur eine Minute. Aber unter dem Helm eine Gefühlsewigkeit. »Wahnsinnig schön, Onkel Max. Sagt Charlie auch. Nicht wahr, Charlie? Muß phantastisch sein, als Mann plötzlich Brüste zu haben. Komm Charlie, heute leisten wir uns ein Mixprogramm aus Leo und Marie.«

»Wir sind blank, Lydia. Und außerdem hab' ich Schulden.« Lydia wurde sauer, so sauer, daß sie in Ohnmacht fiel. Als sie sich langsam wieder regte, schüttete ihr Onkel Max einen Eimer kaltes Wasser über den Kopf. Aber da wurde sie vor Schreck zum zweitenmal ohnmächtig.

»Vielleicht schlummert gerade in Ihnen der nächste Brainstorming-Hit. Vielleicht sind auch Sie ein Brainstorming-Kandidat. Die Starco zahlt Spitzenpreise.«

Spitzenpreise. Kein Wunder, denn brauchbare Kandidaten gab es immer seltener. Dafür aber eine Menge Schwachlappen, Streßleichen und Psychoschmarotzer.

Charlie, du bist kein Schwachlappen. Aber Spitzenerlebnisse hast du auch nicht zu verkaufen. Halt dich an die Tatsachen, Fan.

»Ihr seid nicht nur blank, ihr seid krank«, sagte Onkel Max traurig und ging auf Eichhörnchenjagd.

Aus dem Tagesbericht eines Starco-Spitzels, der bei Happico spioniert: »Entführung abblasen. Happico-Kandidaten unbrauchbar. Behaupten alle beide, Tom der Karatekämpfer zu sein.«

Aus dem Tagesbericht eines Coco-Spitzels, der bei Starco spioniert: »Entführung abblasen. Starco-Kandidaten unbrauchbar. Behaupten alle drei, Jack der Fallschirmspringer zu sein.«

Aus dem Tagesbericht eines Happico-Spitzels, der bei Coco spioniert: »Entführung abblasen. Coco-Kandidatinnen unbrauchbar. Behaupten alle sechs, Moni die Tierbändigerin zu sein.« Klar, all diese angeblichen Kandidaten waren verrückt. Eine bedauerliche Tatsache. Aber dahinter versteckte sich eine zweite, weitaus bedauerlichere Tatsache: anscheinend gab es überhaupt keine Kandidaten mehr, deren Originalerlebnisse sich zu speichern lohnten. (Während der Erörterung dieses Problems fielen mehrere Vorstandsmitglieder der Starco, Coco und Happico in Ohnmacht.)

Dabei lag die Lösung des Problems doch eigentlich auf der Hand. Wenn die Kandidaten von sich aus keine Originalspitzenerlebnisse mehr brachten, dann mußten ganz einfach die Companies ein bißchen nachhelfen. Die Starco startete als erste.

»Was wir erwarten, ist Kondition und Erlebnisfähigkeit. Mehr nicht. Für alles weitere sorgt die Starco. *Wir* zahlen und *Sie* erleben. Und dann zahlen wir noch einmal, wenn wir Ihr Spitzenerlebnis speichern.«

Charlie, das ist deine Chance.

Vor dem Starco-Gebäude wartete schon eine Menge anderer Fans. Als er sich etwas energisch zum Eingang durchdrängelte, sanken ein paar von den Schwachlappen lautlos zu Boden.

Charlie, du bist zäh. Zäh wie ein Eichhörnchen.

Er bestand die Eignungsprüfung als einziger von 150 Bewerbern. Und er kassierte eine fette Anzahlung. Von all dem sagte er zu Lydia vorerst kein Wort. Und er verschwieg ihr natürlich auch, daß die Starco ihn in zwei Tagen auf den Realerlebnisjob schicken würde. Du bist ein Mann der Tat, Charlie.

Und abends lud er die überraschte Lydia so nebenbei zu einer Brainstorming-Orgie ein. Dreimal Doppelhelm, haufenweise Oblaten dazwischen, Moni, Leo, Jack der Fallschirmspringer, sogar Barbara die Ballettratte. Schweben. Tanzen. Lieben. Fallen. Anfangs wollte Lydia immer wieder wissen, woher er denn das viele Geld hatte (»Wenn du noch mehr Schulden machst, verlaß ich dich«), aber dann war sie völlig weg in ihrem Monileoballettrattentigerrausch. Charlie war genauso weg. Charliebarbaraderballettrattenbändiger.

Als sie in dieser Nacht zusammen schliefen, war es fast so schön wie unter dem Doppelhelm. In der Küche pfiff Onkel Max den Yankee-Doodle, und sie konnten das Fett zischen hören, als er den Eichhörnchenbraten in die Pfanne legte. Charlie war plötzlich wieder hellwach. Und er erzählte Lydia endlich voller Stolz, was die Starco alles mit ihm vorhatte. Lydia rührte sich nicht. Vielleicht war sie vor lauter Schreck ohnmächtig geworden.

Aus dem Tagesbericht des Coco-Spitzels, der bei Starco spioniert: »Der Starco-Kandidat Charlie soll in einem Vulkan abgesetzt werden und dann nach oben klettern. Falls die Starco diesen Hit wirklich in ihr Programm bringt, wird sie das Geschäft des Jahrhunderts machen.«

Natürlich gab es einen ungefähr gleichlautenden Tagesbericht des Happico-Spitzels, der bei Starco spioniert.

Natürlich konnten es weder die Happico noch die Coco zulassen, daß die Starco dieses fette Geschäft ganz allein machte. Natürlich setzten sie ebenfalls je einen Kandidaten im Vulkan ab. IM VULKAN!

Wie geht es dir, Charlie, da oben in der Wand? Hast schon hundert Meter geschafft. Sind nur noch 300 bis oben. Ganz schön heiß, was? Lava ist das da unten. Kann man reinfallen und gebraten werden. So wie die Eichhörnchen von Onkel Max. Aber die Eichhörnchen sind schwindelfrei, Charlie. Ganz schön hoch und steil hier. Und tiiiieeeff. Charlie, es geht dir hundsmiserabel, nicht wahr? Aber starke Gefühle sind gut fürs Programm. Du möchtest sterben, Charlie? Hau dir lieber noch ein paar Oblaten rein.

Apropos Sterben. Sieh mal, da drüben. Das ist auch kein Eichhörnchen. Das ist ein Kandidat von der Coco. Warum der plötzlich so schön fliegt? Der fliegt gar nicht, der stürzt. Ab. Bumms. Weg ist er. Halt dich fest, Charlie. Du bist nicht schwindelfrei. Aber Jack ist schwindelfrei. Jack der Fallschirmspringer. Stell dir einfach vor, du bist Jack. Ist doch ganz einfach. Du bist nicht irgendwer. Du bist der Mann, der sich aus dem Flugzeug fallen läßt. Nein, nein, nicht fallen lassen, automatisch weiterklettern. Du bist phantastisch, Jack, Barbara die Ballettratte ist auch schwindelfrei, Jack. Schweben. Automatisch weiterklettern, Barbara. Nicht runtergucken! Da unten schwebt keiner, da fällt einer. Bumms. Kandidat von der Happico. Auch weg. Festhalten, Jack. Du bist der Mann, der das Gefühl von Freiheitbarglückbarajackangstmutstolz in seinem Magen spürt, im Hals, in allen Gliedern.

Als Charlie sich oben über den Kraterrand geschoben hatte, übergab er sich erst einmal. Und dann dauerte es noch eine ganze Weile, bis er begriff, daß er nicht vom Himmel gefallen war, sondern aus einem Krater herausgekrochen. Und dafür würde er jetzt das ganz große Geld kassieren.

Während er noch unter dem Aufnahmehelm saß, und sein Spitzenerlebnis gespeichert wurde, zerbrachen sich die Leute vom Starco-Vorstand die Köpfe über eine angemessene Werbekampagne. Titel des neuen Brandstorming-Hits: »Charlie der Vulkanbezwinger«. Klar. Aber wäre nicht ein kleiner Hinweis auf den feurigen Abgang der beiden anderen Kandidaten ganz angebracht? Menschlich sehr zu bedauern, diese Todesfälle. Aber dramaturgisch und ökonomisch äußerst reizvoll. Von Charlie original erlebt. Ein Schocker. Unter dem Helm bekamen die Fans Beruhigungsmittel, um solche reizvollen Zwischenfälle ohne Streßkollaps miterleben zu können. Vielleicht sollte man schon während der Werbung Beruhigungstabletten verteilen. Mit dem Aufdruck: »Charlie der Vulkanbezwinger«.

Leider waren alle diese Überlegungen etwas voreilig.

»Erst einmal muß sich einer von uns unter den Helm setzen und Ihr Erlebnis begutachten. Dann bekommen Sie Ihr Geld, Charlie.« Charlie wartete nun schon eine ganze Weile. Zwischendurch waren zwei Männer im Zimmer aufgetaucht, die beide behaupteten, sie wären »Tom der Karatekämpfer«. Verrückte. Schließlich tauchte auch der Mann von der Starco auf, sehr blaß. »Gehn Sie nach Haus, Charlie. Fehlanzeige. Kein Geld.«

Charlie hatte plötzlich so ein Gefühl, als würde sein Hirn zu klopfen beginnen. Direkt unter der Schädeldecke. »Moment mal. Ich habe Ihnen ein Spitzenerlebnis geliefert. Einen Hit.«

»Sie haben Mist geliefert, Charlie. Absoluten, unbrauchbaren Mist. Sie sind eine Niete.«

Das Pochen unter Charlies Schädeldecke wurde lauter. Er packte den Mann von der Starco bei den Armen. »Wie reden Sie eigentlich mit mir!? Ich bin nicht irgendwer, Sie Schwachlappen.«

Der Mann von der Starco wurde noch blasser. »Schon gut, Jack. Sie sind ein phantastischer Fallschirmspringer. Das haben wir alles gespeichert, Jack. Und auch das Schweben. Starke Ballettatmosphäre. Leider alles alte Hüte. Keine Spur von Vulkanbezwingung.«

Da erkannte Charlie ganz plötzlich: Dieser Mann von der Starco ist gar kein Mann von der Starco. Das ist ein verkapptes Eichhörnchen. Ein nicht schwindelfreies Eichhörnchen, das dich in die Lava runterziehen will. Aber keine Angst, so funktioniert das nicht. Denn ich kann schweben. Ich bin Barbara die Ballettratte.

Aus einem geheimen Memorandum des Gesundheitsministeriums: Betrifft die Zulassung einer in das Helmsystem integrierten Löschtaste: 1. Der Helmbenutzer könnte je nach Wunsch (oder auf ärztliche Anordnung) frühere Helmerlebnisse aus seiner Erinnerung löschen, d. h. etwaigen neurotischen oder psychotischen Persönlichkeitsveränderungen weitgehend vorbeugen. 2. Die nach der Einführung der Löschtaste von den Companies zu entrichtenden zusätzlichen Lizenzgebühren würden es erleichtern, die Brandstorming-Forschung energisch weiter voranzutreiben.

Aus einer nicht geheimen Umfrage des Gesundheitsminsteriums:

Interviewerin: Und was halten Sie von dieser neuen Erfindung?

Frau: Ich finde die Löschtaste phantastisch. Man ist nachher immer wieder ein völlig neuer Mensch.

Mann: Eine üble Erfindung. Eine ganz üble Erfindung.

Dieser Mann, der da schon wieder mal eine neue Erfindung miesmachen will, ist natürlich Onkel Max. Er kam zufällig vorbei, weil er da drüben in dem Geschäft ein Paket Windeln kaufen wollte. Für Charlie.

Jawohl, für Charlie. Denn der verbraucht im Augenblick eine Menge Windeln.

Warum? Ganz einfach. Bevor die Löschtaste so offiziell und kommerziell in das Helmsystem integriert wurde, wollte man aus Sicherheitsgründen noch ein bißchen damit experimentieren. Und Charlie war eine sehr geeignete Versuchsperson. Bei ihm gab es ja allerhand zu löschen. Daß dann nicht nur seine Helmerlebnisse gelöscht wurden, war ein bißchen Experimentierpech. Kurz und gut: es war eine Totallöschung. Nachher war Charlie wie neugeboren.

Jetzt ist er wieder ein Jahr alt. Seelisch und geistig. Ein Baby mit Bart. Lydia ist abgehauen. Aber Onkel Max wird sich schon um ihn kümmern. Er ist ja erst fünfundachtzig. Und irgendwann werden die beiden dann wieder auf Eichhörnchenjagd gehen. Oder auf Rattenjagd. Denn auch die Eichhörnchen werden immer seltener.

Der Künstler **Udo Linke** über sich selbst:
Geboren am 28. 3. 1957 in Luckenwalde.
Zwei Jahre BRD, neun Jahre DDR – zwei Kilometer zur Grenze, zwanzig bis nach Berlin.
1968 erneut Übersiedlung in die bundesdeutsche Provinz; seit fünf Jahren nun Mainhattan. Frankfurt ist nicht Berlin, aber immerhin.
Verlagspraktikum, Berufsfachschule für Grafik und Jobs, Jobs, Jobs. Illustrator ist ein Beruf so gut oder schlecht wie irgendeiner.
Freiräume muß man sich selber schaffen. Wenn man kann.
Aber: hier in Deutschland hat man es schwerer auf diesem Sektor als in Frankreich, England oder den Vereinigten Staaten.
Vielleicht sollte ich besser Zuckerwatte verkaufen, ist auch bunt und süß, die Verlage lieben so was.
Kunst und Kommerz – eine Gratwandlung auf der Suche nach dem Schönen, Guten, Baren.
Dennoch ist diese Arbeit nicht einmal das halbe Leben, d. h., eigene Kreation steht nicht zwangsläufig vor der Wahrnehmung relevanter Phänomene: Duchamp, Cocteau, Keaton, Ria – hallo! – Hammill, Lovecraft und so weiter.
Ansonsten Genuß im Stil der neuen Zeit; unsere Kleider sind so schwarz.
Ich warte ab und beobachte, zweifellos amüsanter als hektisches Gezappel in Sackgassen.

Von **Robert Sheckley** sind im BASTEI-LÜBBE Taschenbuch-programm folgende Bände erschienen:

21 161	Planet der Verbrecher
22 035	Mr. Joenes wundersame Reise
22 040	1. Preis: Allmächtigkeit
22 042	Für Menschen ungeeignet
22 046	Lebensgeister GmbH
22 062	Fütterungszeiten unbekannt
22 071	Der Seelentourist
24 020	Endstation Zukunft Die Welten des Robert Sheckley (Stories)